Momo & Manji 2

SAWA SAKURA

Hana COLLECTION

S O M M A I R E

CHAPITRE 11 / KOTATSU

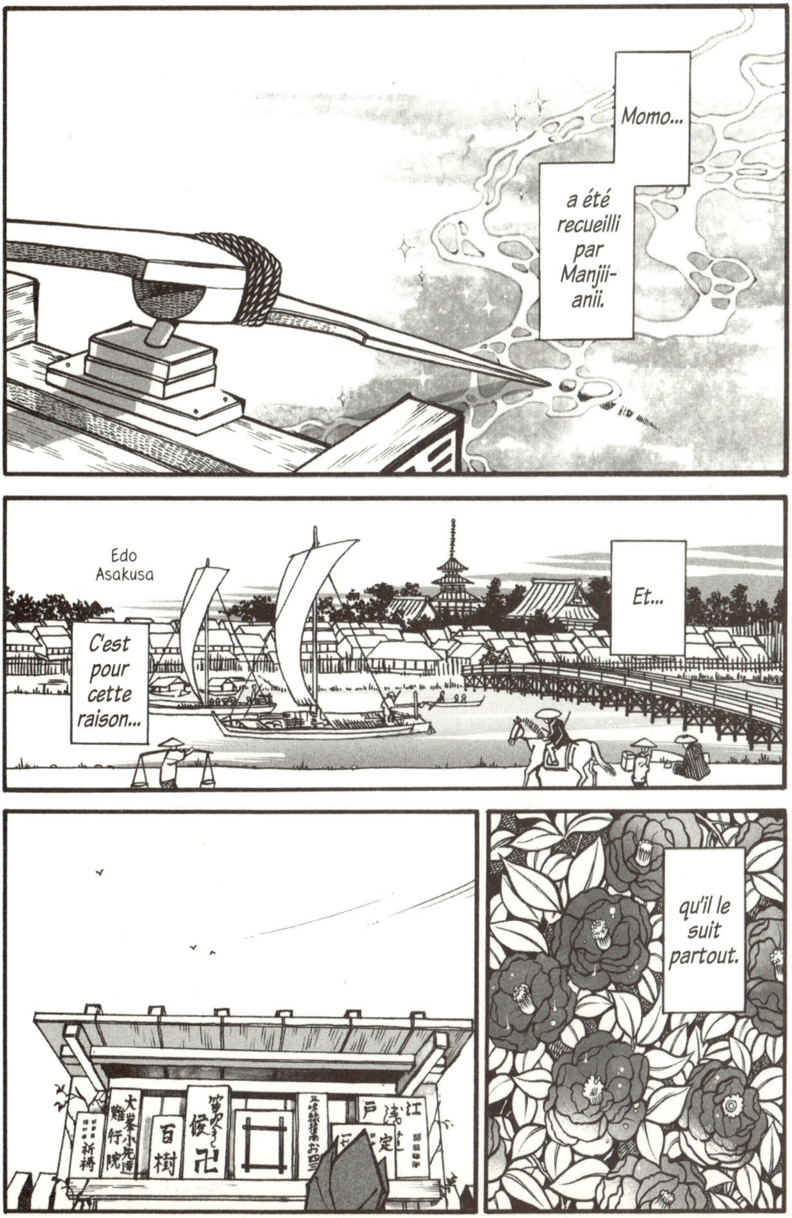

Momoki

CHAPITRE 11 / KOTATSU

* [Momo veut lire les kanji sur le titre des livres mais se trompe de lecture]

SALUT, OMOMO !
DEVINE QUOI !

JE T'AI RAMENÉ QUELQUE CHOSE.

AH... NON, PAS DE SAKÉ, JUSTE DE L'EAU CHAUDE, S'IL TE PLAÎT.
UN KOTATSU !!
SI JE BOIS TROP, ÇA VA ÊTRE COMPLIQUÉ À INSTALLER.
Couverture
Table
Pot de braises
Un kotatsu, ça veut dire...
ça veut dire...!!
FLOUP
JE L'AI ACHETÉ CHEZ LE PRÊTEUR SUR GAGES PARCE QUE JE VOULAIS TE VOIR AU CHAUD, MOMO.
AH...
J'ES-PÈRE QUE ÇA TE SATIS-FAIT...
Je vois...

LES RÊVERIES DE MOMO

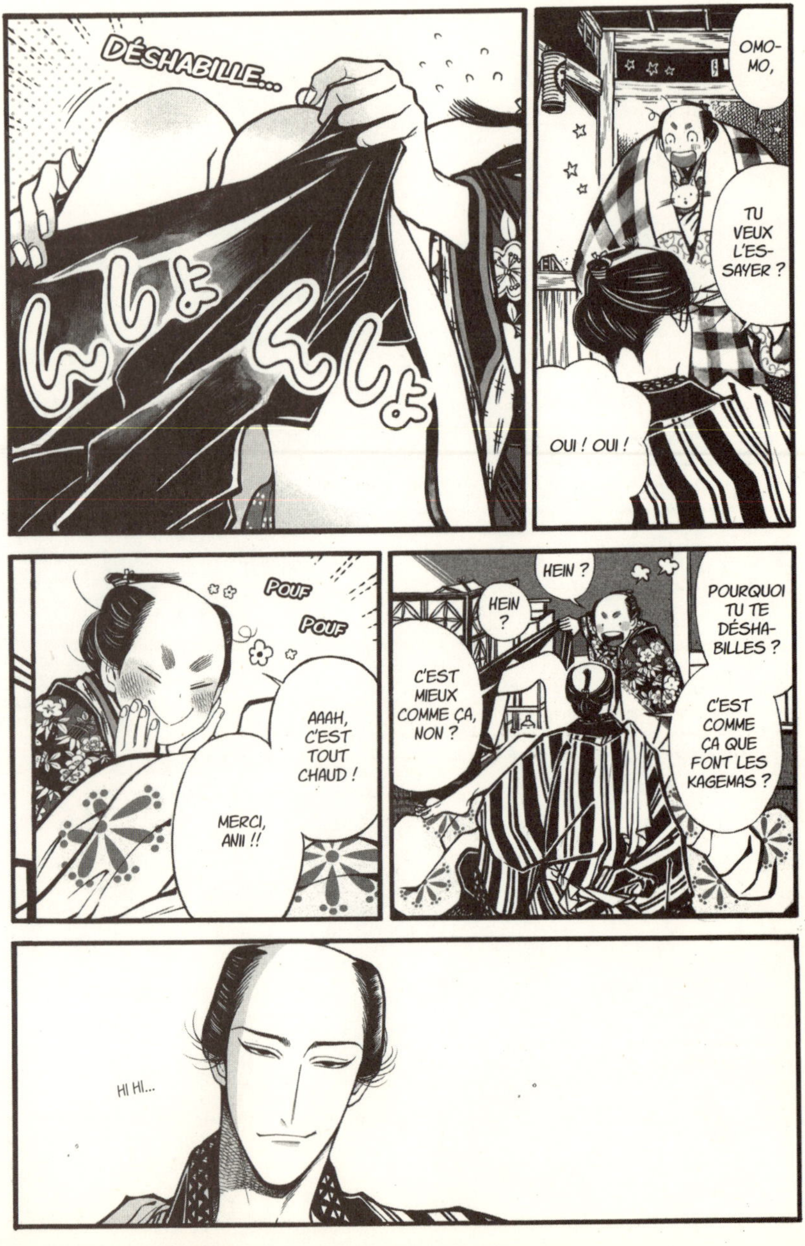
OMO-MO,
TU VEUX L'ES-SAYER ?
OUI ! OUI !
DÉSHABILLE...
んしょ
んしょ
POURQUOI TU TE DÉSHA-BILLES ?
HEIN ?
HEIN ?
C'EST COMME ÇA QUE FONT LES KAGEMAS ?
C'EST MIEUX COMME ÇA, NON ?
POUF
POUF
AAAH, C'EST TOUT CHAUD !
MERCI, ANII !!
HI HI...

TIENS ?
ANII, TU LIS UN LIVRE ?
OUI, LE BIBLIO-THÉCAIRE PASSE DEMAIN.
TU AS TOUS LES TOMES ICI ?
DE... HACHIINU-DEN...
ÇA SE LIT «HAKKEN-DEN».
CE SOIR, JE NE BOIS PAS, JE LIS.
Mince !
IL NE BOIT PAS...
POURTANT...
DOM-MAGE...
J'ÉTAIS SÛR QU'IL...
SOUFFLE...

* [Nansô Satomi Hakkenden, ou «Les Chroniques des Huit Chiens», est un roman japonais de 106 volumes écrit par Kyokutei Bakin entre 1814 et 1842]

GRR
GRR
イライラ
火の用心
Nerveux...
MERDE !
OMOMO-MO...
TU AS VU TA POSTURE ? LES JAMBES GRANDES OUVERTES...
TU VAS ATTRAPER FROID, COMME ÇA.
NH...
NON... MOMO A CHAUD...

LE VOLUME 4...
POUIC

ZZZZ
ZZZZ
GLOUPS

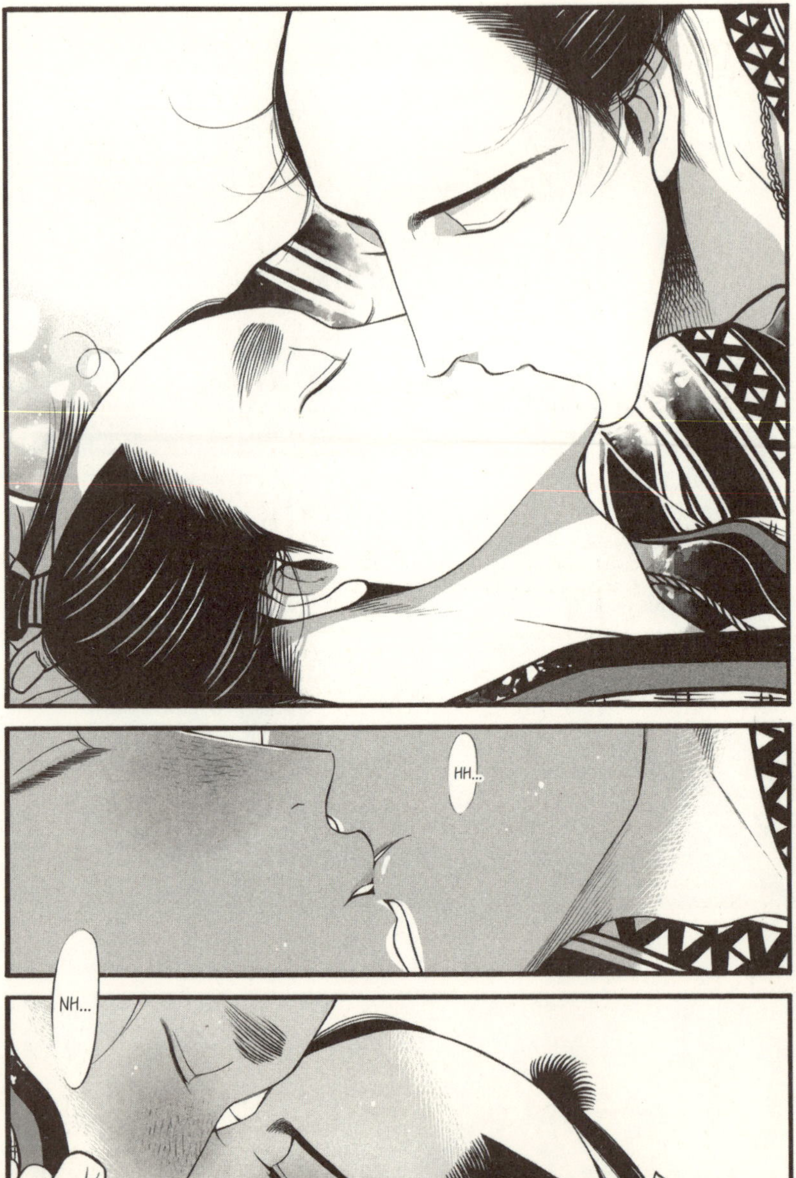
HH...
NH...

NH...
SLURP
PFFH...
IL A L'AIR SATIS-FAIT...
ZZZZ
ZZZ
FUIP
HHH...

C'EST FOU
COMME IL EST BRÛLANT, CELUI-LÀ...
CHAUD
CHAUD
Hum, à manger
MH ?
MIAOU !
FROTTE
FROTTE
FROTTE
EH OH...
ÇA SUFFIT...
ZZZZZ...
TOURNE
......

DOOONG
DOONG
DOOONG
HAAA... IL FAIT FROID, ÇA RÉVEILLE !
TU M'AS RECUEILLI AU MOMENT DE LA SAISON DES PLUIES, ANII...
ÇA FAIT DÉJÀ SIX MOIS.
ET JE T'AI FAIT L'AMOUR PLEIN DE FOIS.
HI HI
HI HI
JE NE T'AI PAS RECUEILLI...
JE T'AI JUSTE EMMENÉ DANS CETTE MAISON AVEC MOI...

BIENTÔT, MOMO IRA REGARDER LES FLEURS DE CERISIERS SUR LE BORD DU FLEUVE ÔKAWA AVEC ANII,
ET IL IRA VOIR AVEC ANII LES COMPÉTITIONS DE SUMO AU PRINTEMPS.
QU'EST-CE QUE TU ESSAIES DE DIRE ?
......
MMH...
MMH...

MOMO...
EST HEUREUX.

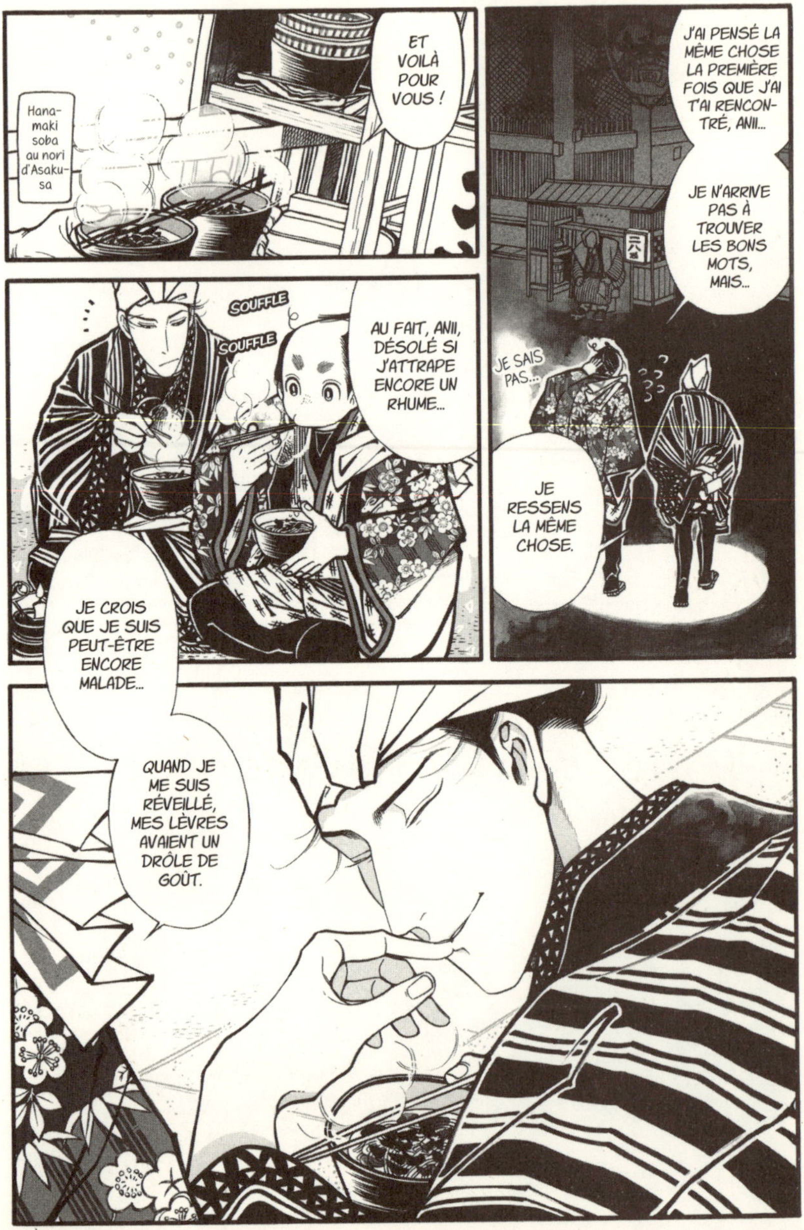
J'AI PENSÉ LA MÊME CHOSE LA PREMIÈRE FOIS QUE J'AI T'AI RENCONTRÉ, ANII...
JE N'ARRIVE PAS À TROUVER LES BONS MOTS, MAIS...
JE SAIS PAS...
JE RESSENS LA MÊME CHOSE.
ET VOILÀ POUR VOUS !
Hanamaki soba au nori d'Asakusa
AU FAIT, ANII, DÉSOLÉ SI J'ATTRAPE ENCORE UN RHUME...
SOUFFLE
SOUFFLE
JE CROIS QUE JE SUIS PEUT-ÊTRE ENCORE MALADE...
QUAND JE ME SUIS RÉVEILLÉ, MES LÈVRES AVAIENT UN DRÔLE DE GOÛT.

CHAPITRE 12 / HIME HAJIME

[*Note de l'auteur : travailleurs spécialisés dans la construction de bâtiments en hauteur. C'était le travail des pompiers lorsqu'il n'y avait pas d'incendies.]

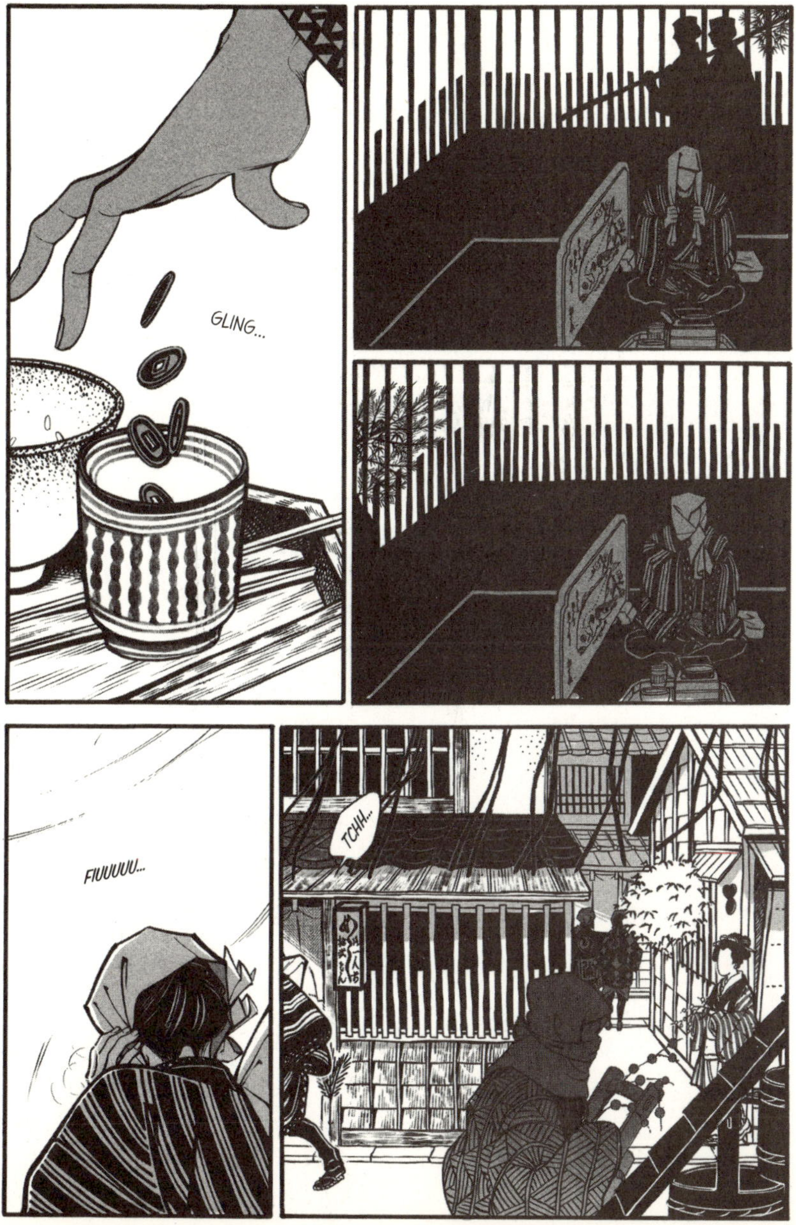
GLING...
TCHH...
FIUUUUU...

An 10 de l'ère Bunsei, derniers jours de l'année...
Chez le patron de Momoki, le calligraphe
FSCHHH...
MOMO-SAN !
DÉPÊCHE-TOI DE VENIR BATTRE LE MOCHI AVEC NOUS !
Jeune mariée
[*Battre le mochi (pâte de riz gluante) pour le ramollir est une tradition de fin d'année au Japon]
AH !
DÉPRIMÉ...
MOMO-SAN, DEPUIS 2000 ANS, LES HOMMES ONT TOUJOURS EU PEUR DE CHANGER D'ANNÉE.
Waka-sensei
«DEPUIS LE RÈGNE DE L'EMPEREUR JIMMU,
L'ANNÉE NOUS A QUITTÉ 2000 FOIS, ET EST TOUJOURS REVENUE !»
VOILÀ.

[*NdA : 18 décembre]

ANII NE VEUT PAS RENCONTRER LES POMPIERS TOBI.
HAA
HAA
ET PUIS...
AVEC LES PRÉPARATIONS DE LA NOUVELLE ANNÉE, ILS SONT PARTOUT, EN CE MOMENT.
C'EST VRAI QUE CE N'EST PAS À HANAMACHI QU'IL RISQUE DE LES RENCONTRER...
MAIS POURQUOI CHERCHE-T-IL À LES ÉVITER ?
PAF
PAF
べたんっ
べたんっ
ANII ÉTAIT UN POMPIER, AUTREFOIS.
MAIS ALORS...
CE NE SERAIT PAS PARCE QU'IL NE VEUT PAS RENCONTRER SES ANCIENS COLLÈGUES...?
HAA

JE...
JE NE SAIS PAS.
.....
GLUANT...
.....
.....
.....
PSCHHH...HH...
プシッ
MINCE !
IL EST HORS SERVICE !
PSCHHHHH
Puis, le jour de l'an...

Onzième année
de l'ère Bunsei
Premier lever
de soleil...
BOBOM
BOBOM
BOBOM

[*Soupe de Nouvel An composée de bouillon, mochi, légume et miso]

[*NdT : Sept divinités de la bonne fortune, arrivant dans leur «navire au trésor» à la nouvelle année pour distribuer des cadeaux à ceux qui le méritent. L'image les représentant est traditionnellement mise sous l'oreiller pour donner de beaux rêves.]

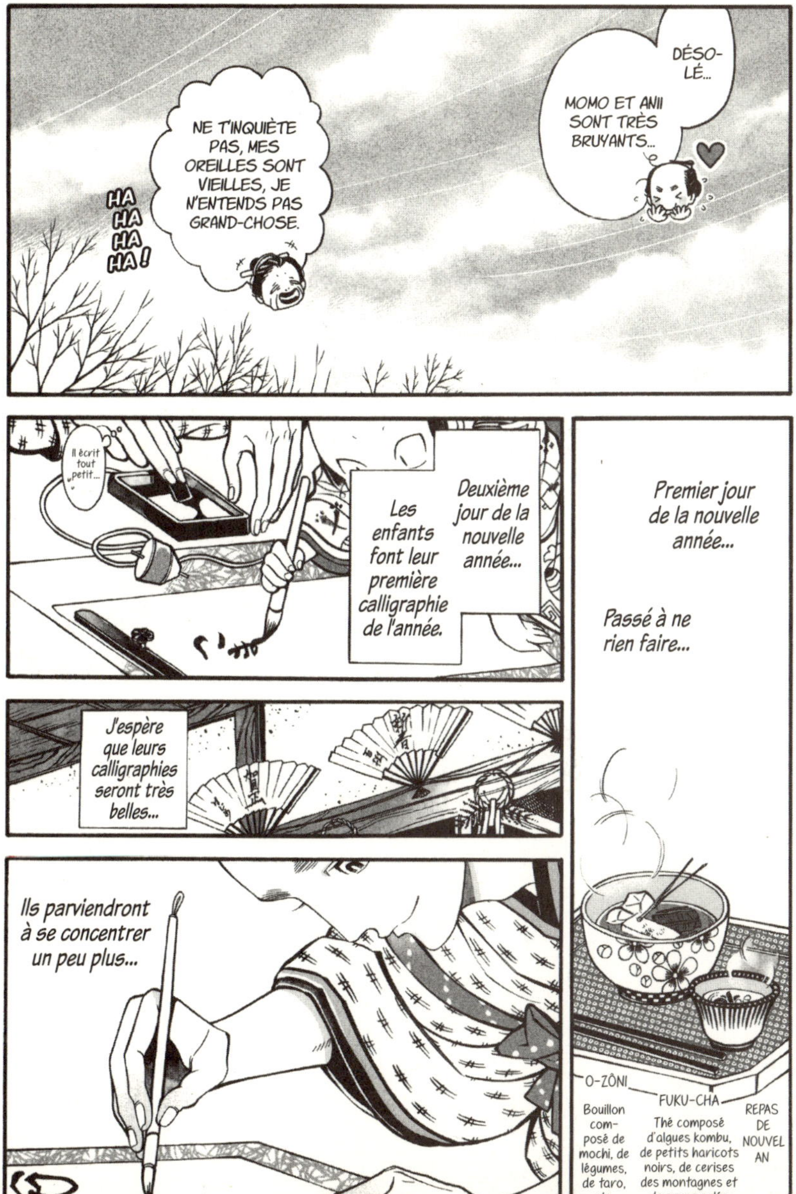
DÉSOLÉ...
MOMO ET ANII SONT TRÈS BRUYANTS...
NE T'INQUIÈTE PAS, MES OREILLES SONT VIEILLES, JE N'ENTENDS PAS GRAND-CHOSE.
HA HA HA HA !
Premier jour de la nouvelle année...
Passé à ne rien faire...
O-ZÔNI
Bouillon composé de mochi, de légumes, de taro, etc.
FUKU-CHA
Thé composé d'algues kombu, de petits haricots noirs, de cerises des montagnes et de prune salée
REPAS DE NOUVEL AN
Deuxième jour de la nouvelle année...
Les enfants font leur première calligraphie de l'année.
Il écrit tout petit...
J'espère que leurs calligraphies seront très belles...
Ils parviendront à se concentrer un peu plus...

La danse du lion apporte la chance.
La geisha virevolte,
accompagnée par une mélodie légère...
À Edo,
Le printemps est arrivé.

Puis...
Le soir du deuxième jour...

CLAC !

ANII !!
TU ES DE RETOUR !!

ANII ! ANII !
POC !
POC !
TU FAIS QUOI ?
GRIMPE
DU «TAMAGO NO TATAK-KOMI».
GLOUP
Œuf battu
Saké
Bonite séchée
Eau chaude
Assaisonner selon ses préférences.
TIENS.
HUFF
HUFF
MIAAAM !
MIOM
MIOM
MIOM

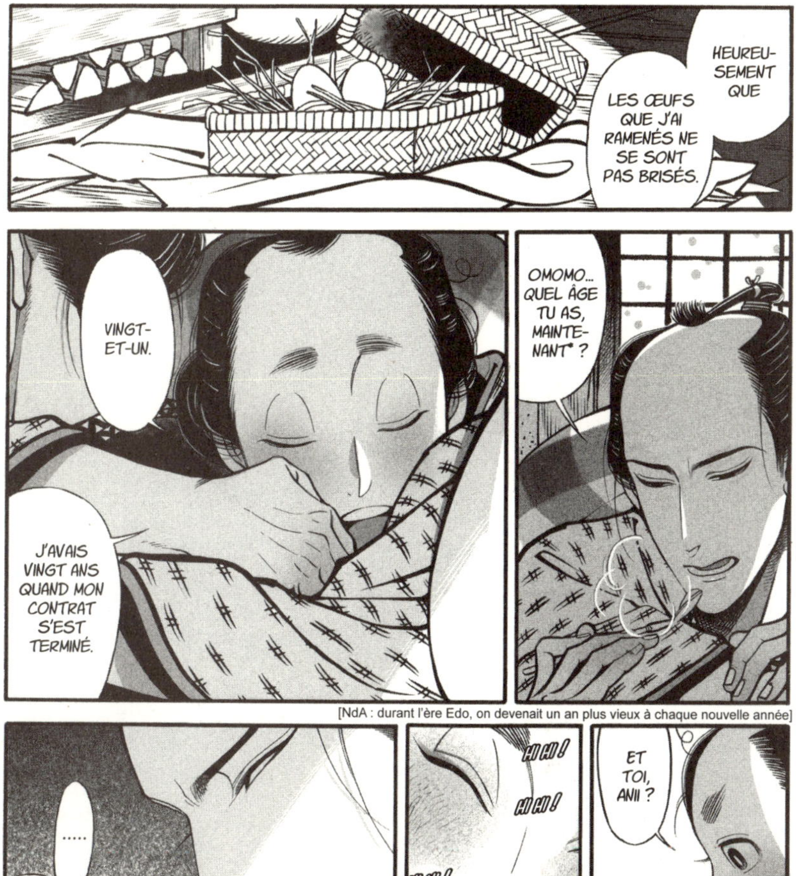

[NdA : durant l'ère Edo, on devenait un an plus vieux à chaque nouvelle année]

ANII N'A PAS L'AIR EN FORME...
PEUT-ÊTRE...
QU'IL LUI EST ARRIVÉ QUELQUE CHOSE DE DÉSAGRÉABLE PENDANT LA FIN D'ANNÉE...
OMOMO...
TU N'AS PAS TROP GROSSI, AVEC LE MOCHI ?
HEIN ?!
ON NE SE VOIT PAS PENDANT LONGTEMPS, ET C'EST LA PREMIÈRE QUESTION QU'IL POSE ?
MOMO...
EST EN PLEINE CROISSANCE.
TU GRANDIS ENCORE ?
QUAND JE TE PARLE QUAND ON EST DEBOUT TOUS LES DEUX, J'AI MAL AU COU.
C'EST DUR DE T'EMBRASSER AUSSI.
ÉNERVÉ...
TU N'AS QU'À GRANDIR POUR ME RATTRAPER, ANII !
PSCHHH...
ARRÊTE D'ÊTRE AUSSI INSOLENT.
MAINTENANT QUE TU ES MON PETIT FRÈRE, TU DOIS ME TRAITER AVEC RESPECT.

[NdT : Momo confond «traiter avec respect» et «être en érection» puisque les deux se prononcent tateru]

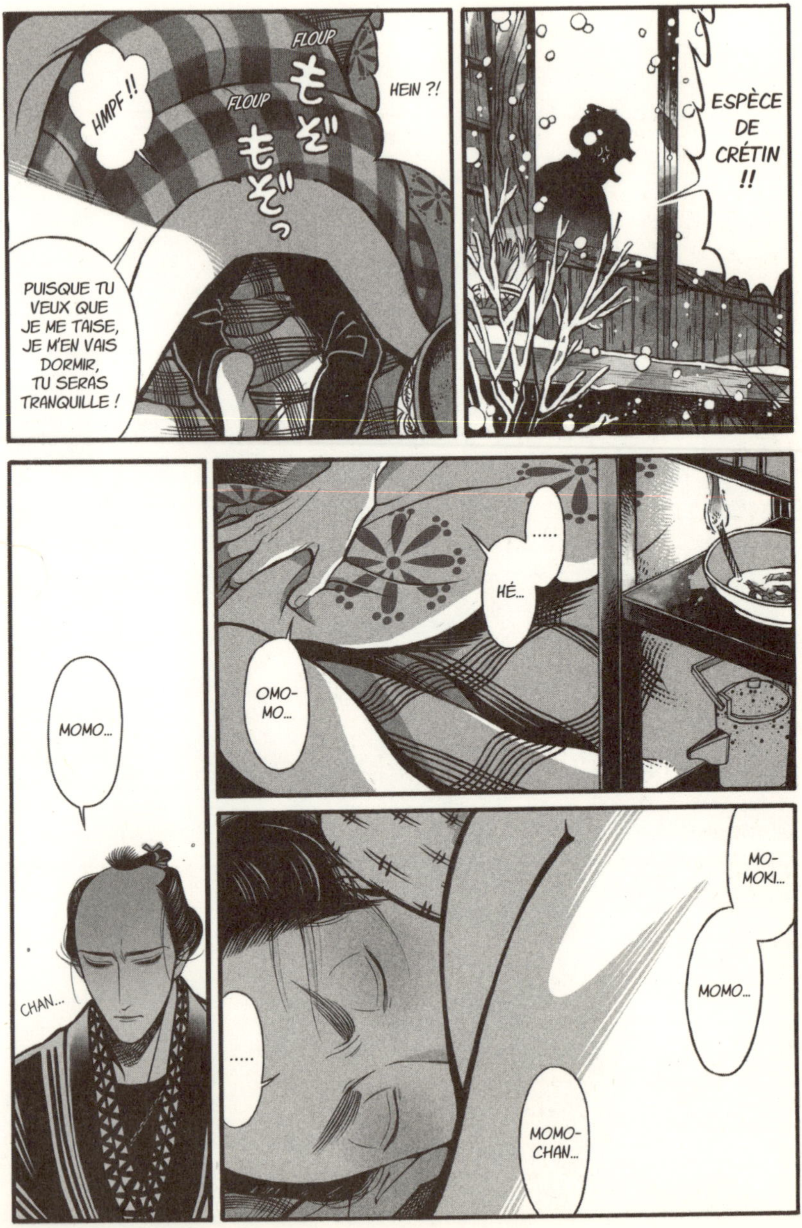
ESPÈCE DE CRÉTIN !!
HEIN ?!
FLOUP
もぞ
FLOUP
もぞもぞっ
HMPF !!
PUISQUE TU VEUX QUE JE ME TAISE, JE M'EN VAIS DORMIR, TU SERAS TRANQUILLE !
......
HÉ...
OMOMO-MO...
MO-MOKI...
MOMO...
MOMO-CHAN...
......
MOMO...
CHAN...

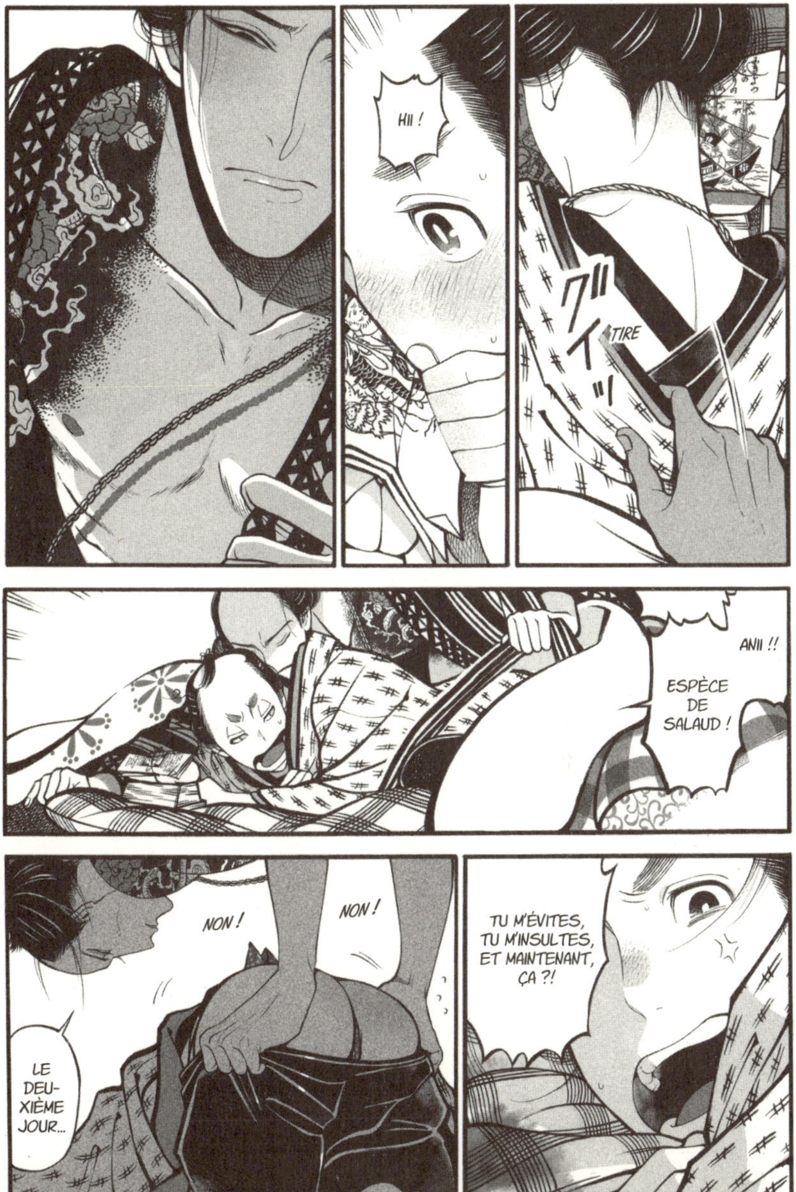
グイッ
TIRE
HII !
ANII !!
ESPÈCE DE SALAUD !
TU M'ÉVITES, TU M'INSULTES, ET MAINTENANT, ÇA ?!
NON !
NON !
LE DEUXIÈME JOUR...

* [NdT : première relation sexuelle de l'année]

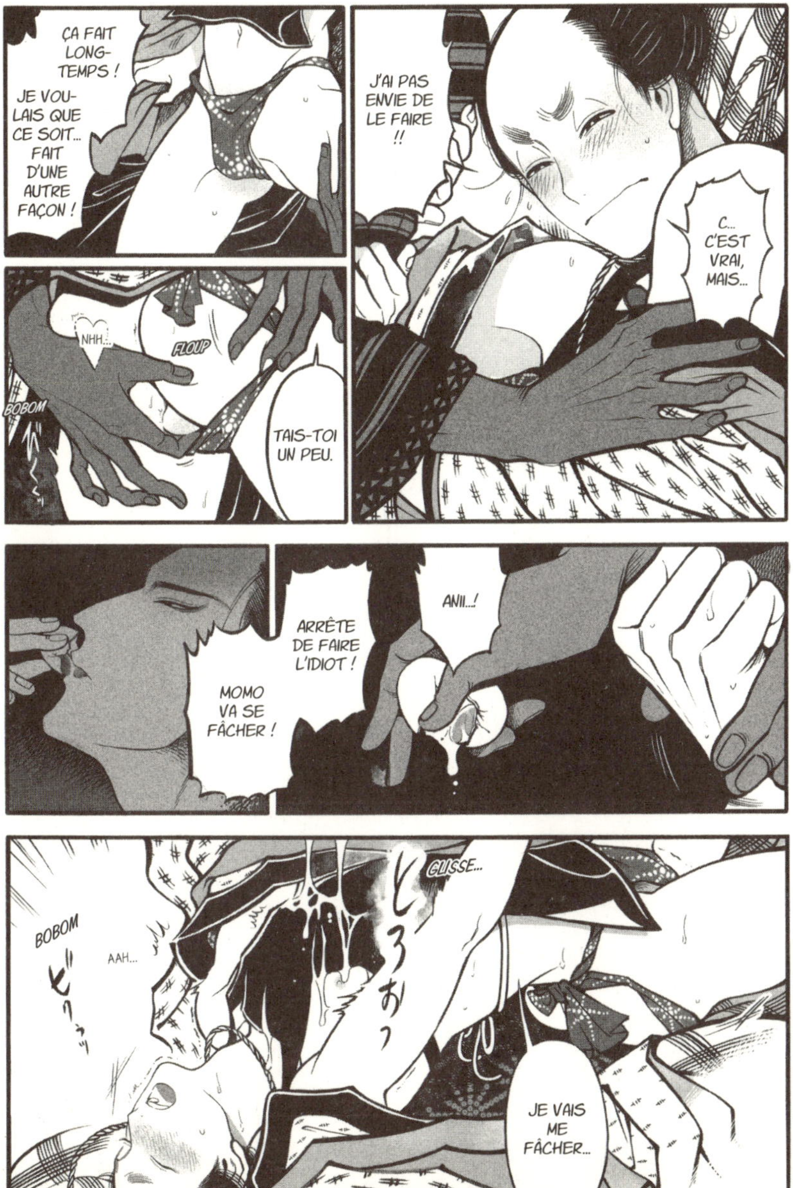
J'AI PAS ENVIE DE LE FAIRE !!
C... C'EST VRAI, MAIS...
ÇA FAIT LONGTEMPS !
JE VOULAIS QUE CE SOIT... FAIT D'UNE AUTRE FAÇON !
NHH...
FLOUP
BOBOM
TAIS-TOI UN PEU.
ANII...!
ARRÊTE DE FAIRE L'IDIOT !
MOMO VA SE FÂCHER !
GLISSE...
BOBOM
AAH...
JE VAIS ME FÂCHER...

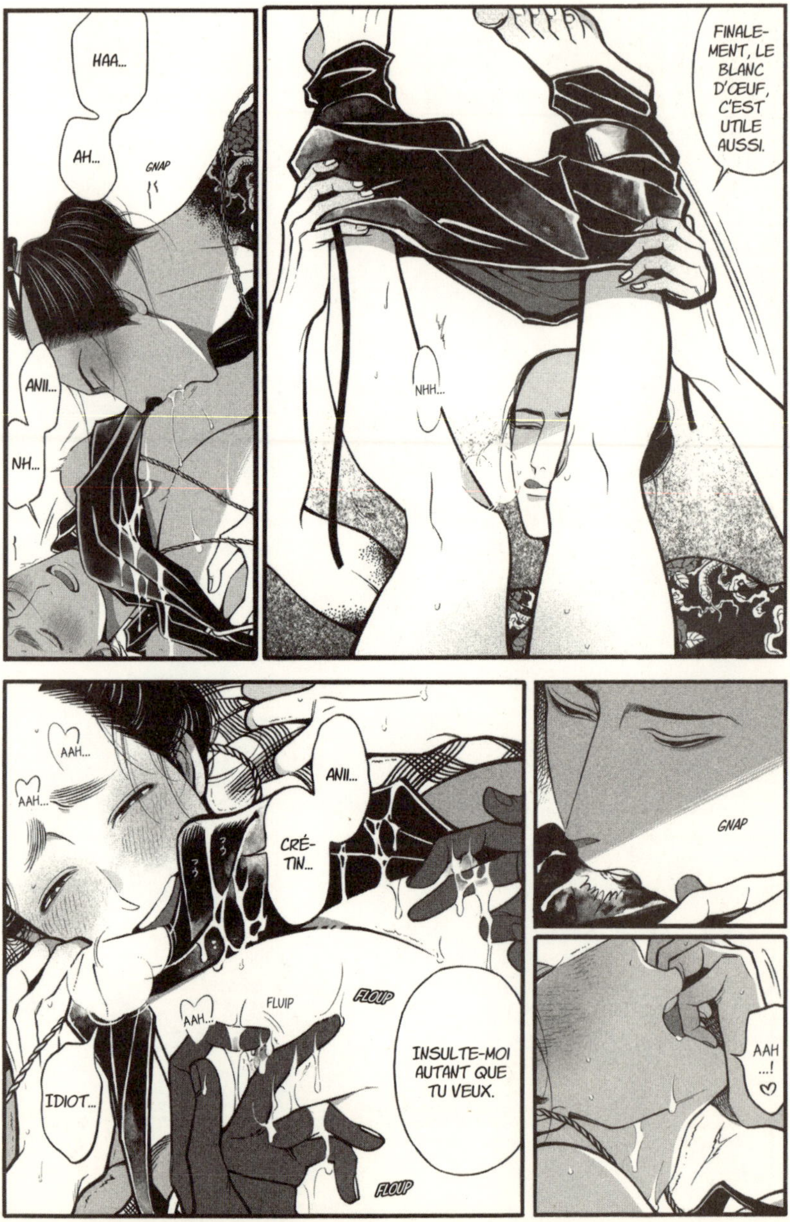
FINALEMENT, LE BLANC D'ŒUF, C'EST UTILE AUSSI.
NHH...
HAA...
AH...
GNAP
ANII...
NH...
GNAP
AAH ...! ♡
ANII...
CRÉ-TIN...
AAH...
AAH...
FLUIP
FLOUP
AAH...
INSULTE-MOI AUTANT QUE TU VEUX.
IDIOT...
FLOUP

INSULTE-MOI...
BLÂME-MOI...
OUPS, UNE PETITE SECONDE.
J'AI OUBLIÉ CET ENDROIT...
HIIIII !
AAH...
AAH...
ズリッ
GLISSE
OÙ EST TA FORCE HABITUELLE ?
GLISSE
ズリッ
ズリッ
TU NE RÉSISTES MÊME PAS.
HAA...
ぬっ
GLISSE
GLISSE
HAA...
HAA...
HAA...

JE T'AI LAISSÉ TOUT SEUL PAR ÉGOÏSME...
HAA...
HAA...
HAA...
JE...
JE SUIS VRAIMENT MINABLE, HEIN ?
QUOI...?
ANII... QU'EST-CE QUE...
TU...
AH...
ずるっ
FLOUP
AH...
AH !
AH !
HYAAA...!
PINCE
HAA...
HAA...
ANII...
ANII...
NHH...
NHHH...
NNNH...
FLOUP
FLOUP

ANII...
HH...
NHH...
NHH...
NHH...
SES BAISERS...
SONT PLUS VIOLENTS QUE D'HABITUDE...
ARRÊTE DE RESTER SILENCIEUX...
DIS QUELQUE CHOSE !
HAA...
HAA...
JE NE...
VEUX PAS...
HAA...
QU'ANII S'ÉNERVE...

PRENDS-MOI DANS TES BRAS...
GYUP...
JE VEUX SENTIR...
TON ODEUR, ANII...
GRIP
AH !

AAH...!
SERRE...
AAH...!
HAA...
HAA...

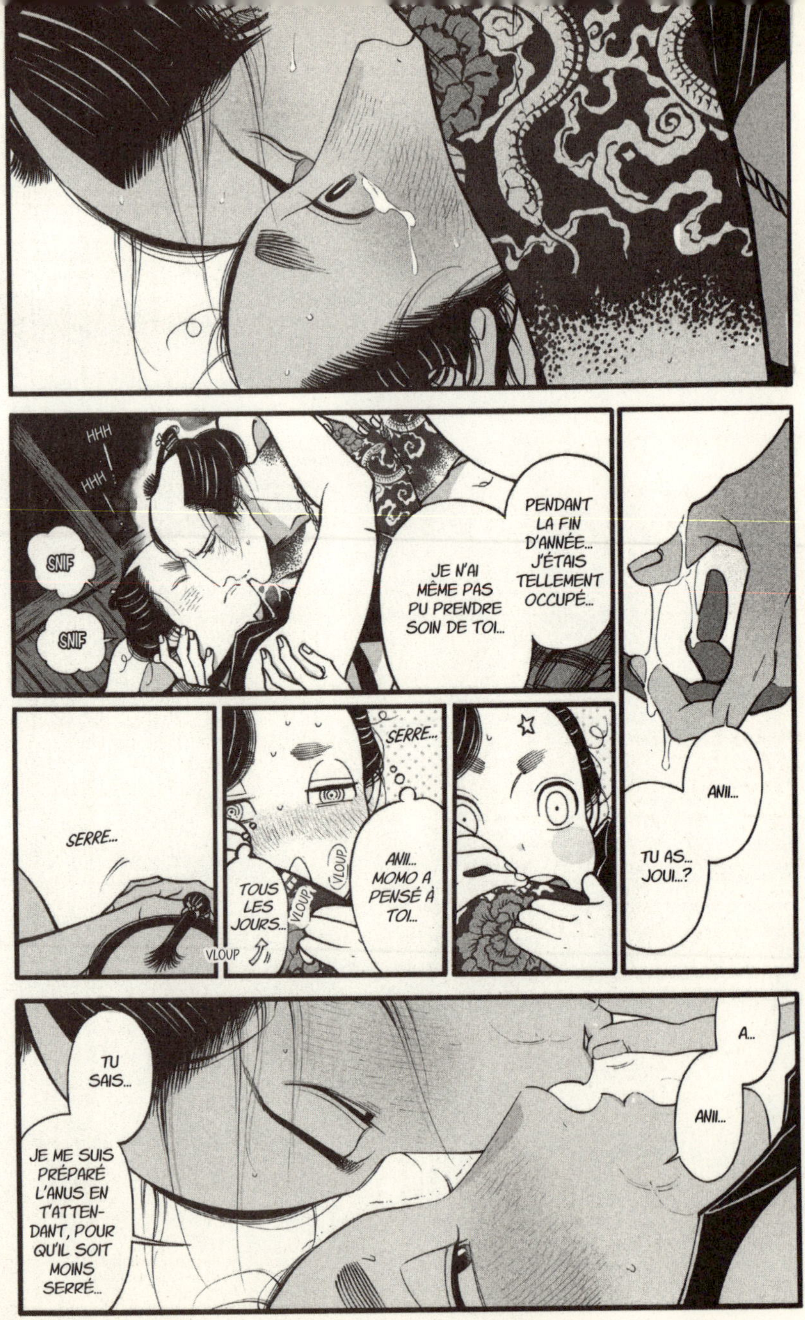
PENDANT LA FIN D'ANNÉE... J'ÉTAIS TELLEMENT OCCUPÉ...
JE N'AI MÊME PAS PU PRENDRE SOIN DE TOI...
HHH ! HHH !
SNIF
SNIF
ANII... TU AS... JOUI...?
ANII... MOMO A PENSÉ À TOI...
SERRE...
TOUS LES JOURS...
VLOUP
VLOUP
VLOUP
SERRE...
A... ANII...
TU SAIS...
JE ME SUIS PRÉPARÉ L'ANUS EN T'ATTENDANT, POUR QU'IL SOIT MOINS SERRÉ...

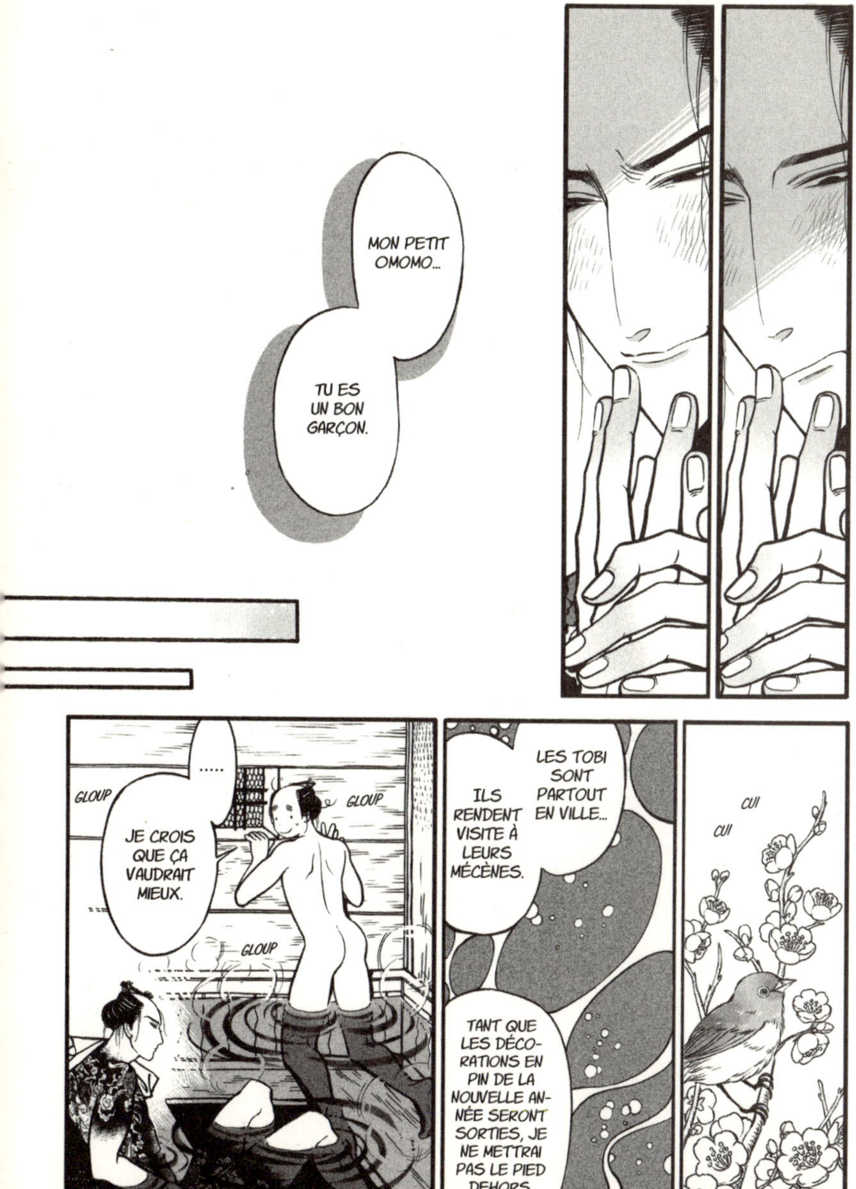
MON PETIT OMOMO...
TU ES UN BON GARÇON.
CUI
CUI
LES TOBI SONT PARTOUT EN VILLE...
ILS RENDENT VISITE À LEURS MÉCÈNES.
TANT QUE LES DÉCO-RATIONS EN PIN DE LA NOUVELLE AN-NÉE SERONT SORTIES, JE NE METTRAI PAS LE PIED DEHORS.
GLOUP
GLOUP
......
JE CROIS QUE ÇA VAUDRAIT MIEUX.
GLOUP

LES TOBI...
MOI AUSSI, J'AI CACHÉ DES CHOSES SUR MON PASSÉ...
ALORS IL VAUT MIEUX NE PAS LUI POSER DE QUESTION.
COUP D'ŒIL...
ANII...

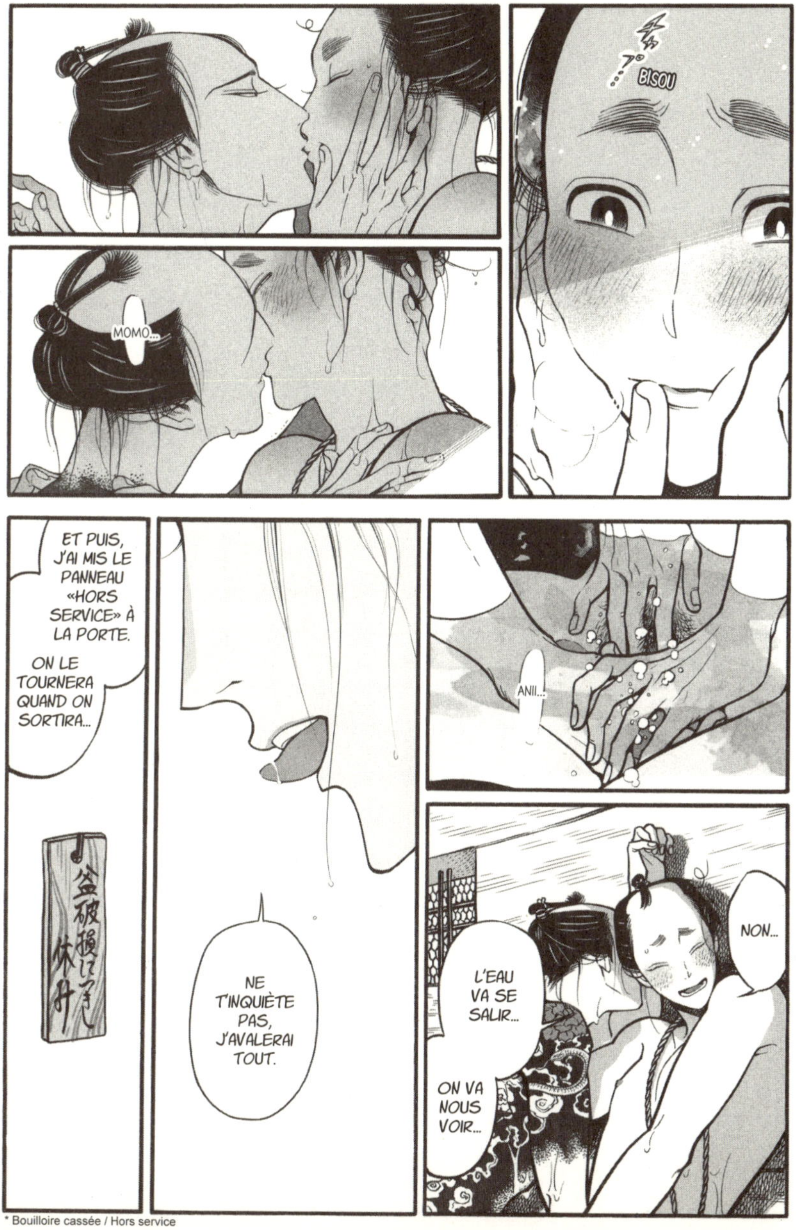

* Bouilloire cassée / Hors service

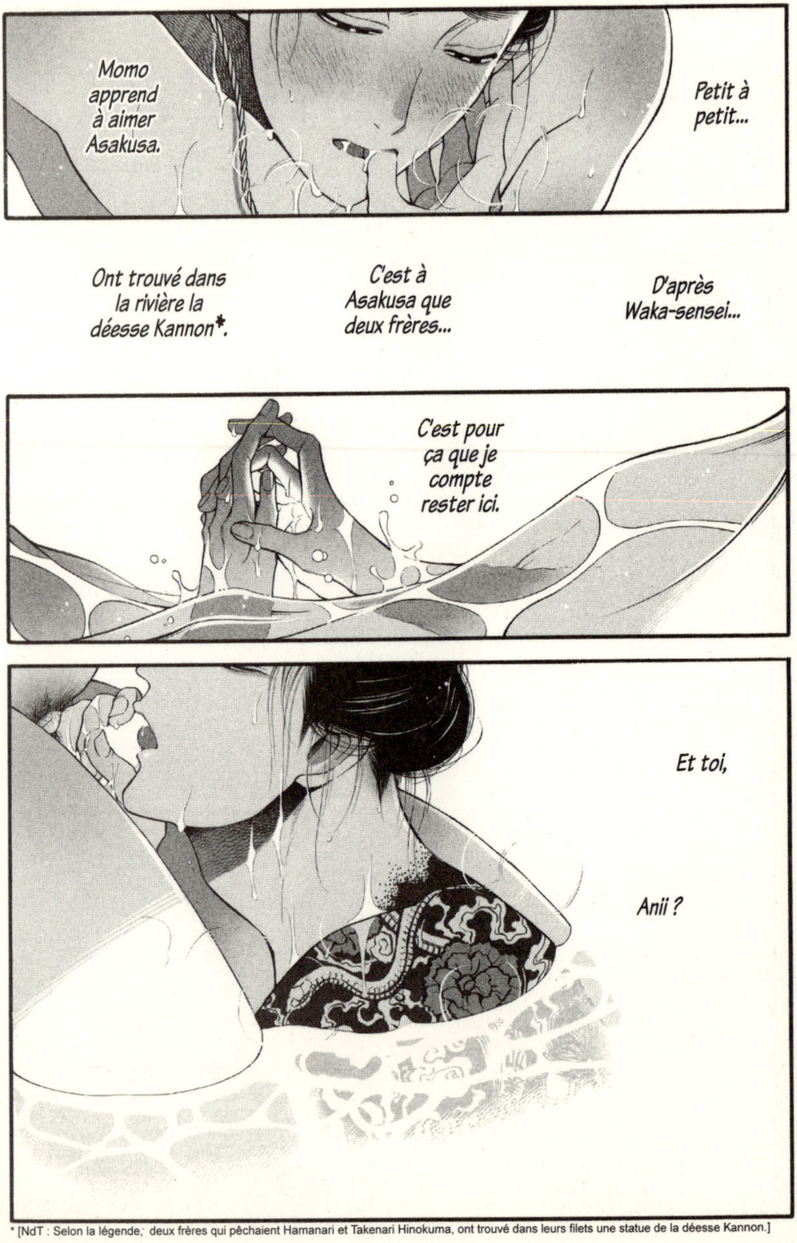

* [NdT : Selon la légende, deux frères qui pêchaient Hamanari et Takenari Hinokuma, ont trouvé dans leurs filets une statue de la déesse Kannon.]

CHAPITRE 13 / FLEURS DE CERISIERS

ANI !
SALAUD !
PAF !
GEH !
MERDE ...!

!?
OMOMO...
BADABOUM !
TU AS DE LA FORCE, MAIS TU N'ES PAS HABITUÉ À TE BATTRE,
ALORS TU MANQUES DE SPONTANÉITÉ DANS TES MOUVEMENTS.

J'AI DÛ LEUR FAIRE FACE TOUT SEUL...
À CAUSE DE TOI...
Les pétales de cerisier blancs sur son kimono noir,
Son tatouage bleu...
Son sous-vêtement rouge
qui dépasse ...
M...
MERCI DE NOUS AVOIR SAUVÉES...
NOUS NE PENSIONS PAS QU'ILS S'EN PRENDRAIENT À NOUS...
C'EST BIEN DE S'AMUSER, MAIS FAITES ATTENTION À VOUS.

[NdT : Hanami ou Ohanami, littéralement «regarder les fleurs» : période de floraison des fleurs de cerisiers, pendant laquelle les gens profitent en pique-niquant sous les arbres]

[*NdT : Bentendô est un temple à Ueno dédié à Benten, déesse de la richesse, du bonheur, de la sagesse et de la musique. Une «maison de thé et de rencontres» est l'équivalent historique d'un love hotel.]

LES FAMEUX LOTUS NE SONT PAS ENCORE FLEURIS...
CE SONT DES PÉTALES, À LA SURFACE DE L'EAU ?
ON DIRAIT QUE L'EAU A PRIS LEUR COULEUR...
OUAH !
C'EST GRAND ! ÇA A L'AIR CHER !
FLOUP
C'EST MA PUNITION POUR T'AVOIR LAISSÉ TOUT SEUL PENDANT LE NOUVEL AN. J'AI FAIT DES FOLIES.
TU M'AS FAIT ATTENDRE LONGTEMPS POUR CES EXCUSES...
HYAAAH !
OUAAH ! IL Y A DÉJÀ LES FUTONS !
C'EST TROP DOUX !
C'EST TROP DOUX !

AH ! ANII ! IL Y A UN SOUS-VÊTEMENT DE FEMME !
REGARDE !
みて～っ
TU VEUX LE MET-TRE ?
TU VEUX LE METTRE ?
PAS QUES-TION...
AH BON...
TU VEUX PAS...
C'est super doux...
......
Je vois...
ANII...

DANS CE CAS...
MOI, JE VAIS LE METTRE !
Momo veut montrer à Anii...
À quoi il ressemblait quand il était enfant.
FLOUP
FLOUP

BOBOM
BOBOM
QUELLE FEMME IMMENSE !
BAM
D'habitude, ça tombe jusqu'au pieds.
GAHAHAHAHAHA !
RIGOLE PAS !!
JE SAIS QUE ÇA NE ME VA PAS... JE LE SAIS DEPUIS QUE JE SUIS GOSSE !
GRRR...
HU HU HU
QU'EST-CE QUE C'ÉTAIT, TON NOM DE KAGEMA ?
.....
ÇA ME VA PAS...
ÇA ME VA PAS...
.....
TSU...
TSUKI-HYAKU-SHI...

AP-
PROCHE,
TSUKI-
HYAKUSHI.
BOBOM
BOBOM
SURSAUTE

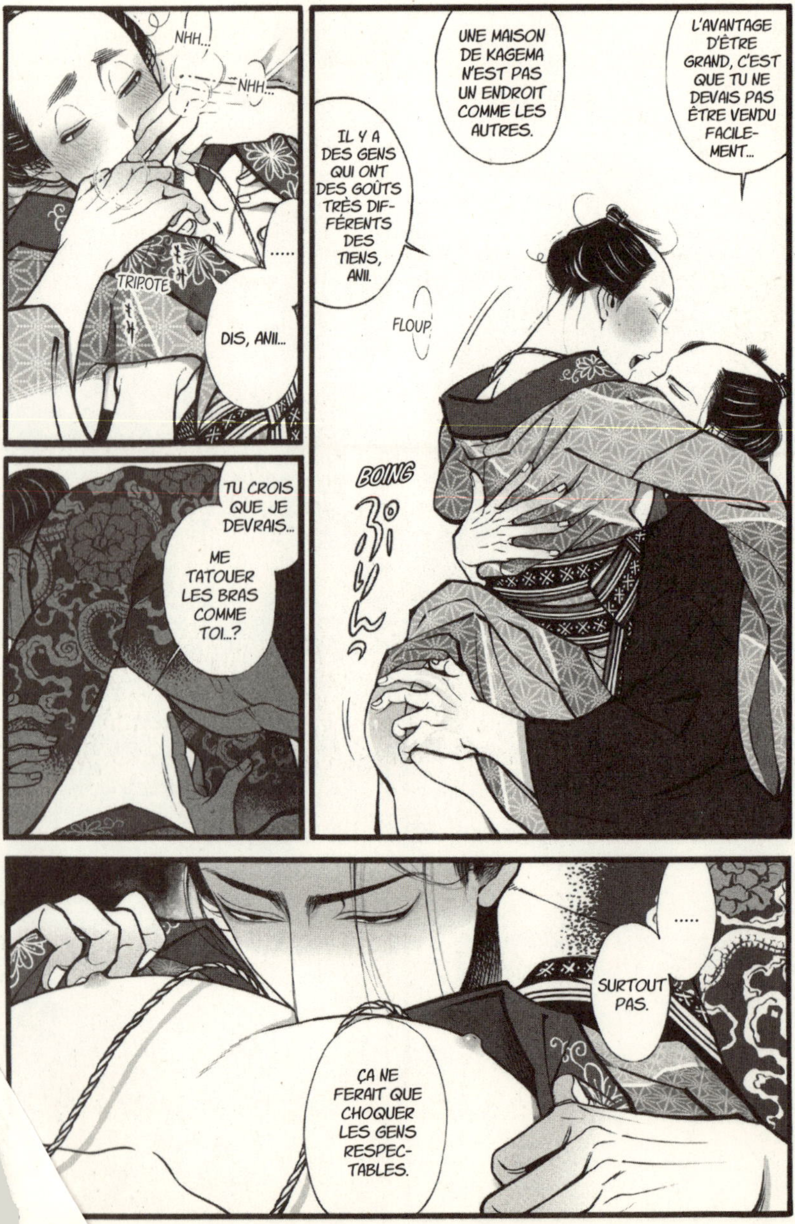
L'AVANTAGE D'ÊTRE GRAND, C'EST QUE TU NE DEVAIS PAS ÊTRE VENDU FACILEMENT...
UNE MAISON DE KAGEMA N'EST PAS UN ENDROIT COMME LES AUTRES.
IL Y A DES GENS QUI ONT DES GOÛTS TRÈS DIFFÉRENTS DES TIENS, ANII.
FLOUP
BOING
ぷりん
NHH...
NHH...
TRIPOTE
.....
DIS, ANII...
TU CROIS QUE JE DEVRAIS...
ME TATOUER LES BRAS COMME TOI...?
.....
SURTOUT PAS.
ÇA NE FERAIT QUE CHOQUER LES GENS RESPECTABLES.

ET PUIS, ON N'EST PAS RICHES.
HMM...
BISOU
BISOU
BISOU
BISOU
FRISSON...
DANS CE CAS, QUELQUE PART OÙ TU SERAS LE SEUL À LE VOIR, ANII...
HAA...
OMOMO...
TU ES VRAIMENT SÉRIEUX ?
JE REFUSE.
TU VAS PUER LE SANG.
CHUU

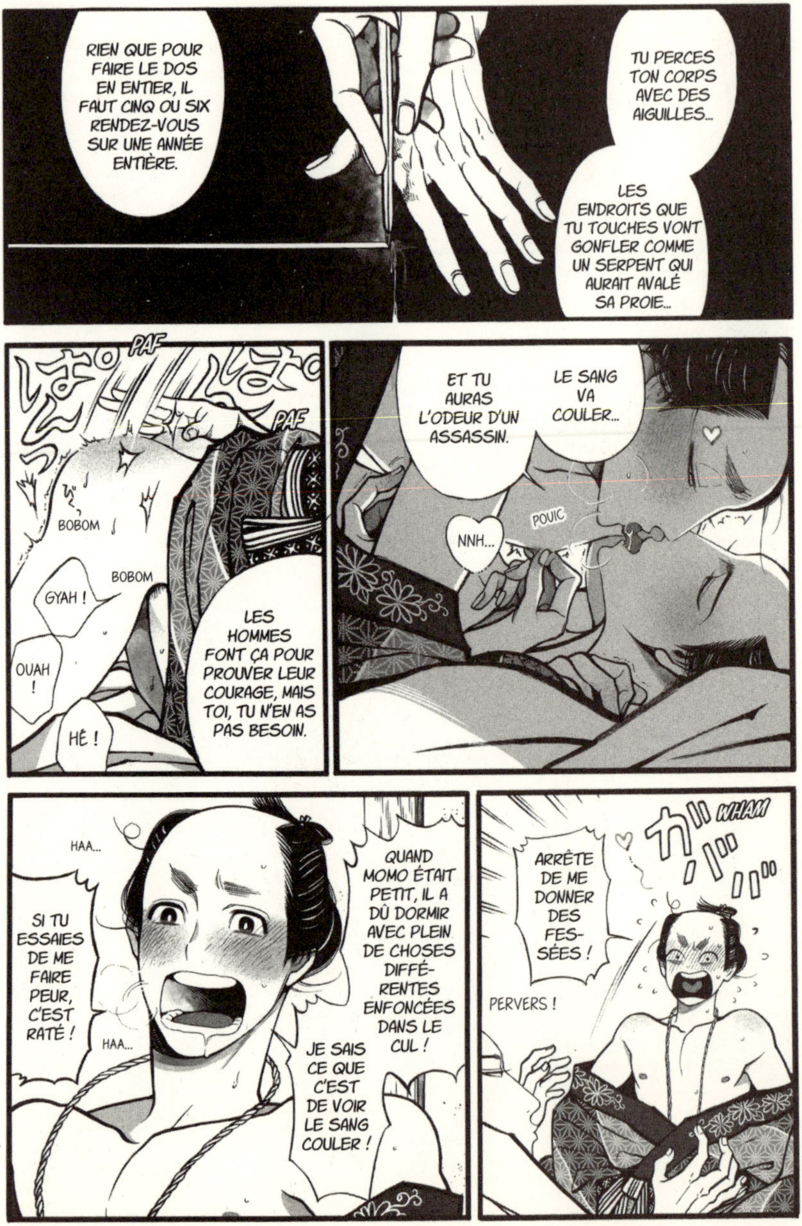
TU PERCES TON CORPS AVEC DES AIGUILLES...
LES ENDROITS QUE TU TOUCHES VONT GONFLER COMME UN SERPENT QUI AURAIT AVALÉ SA PROIE...
RIEN QUE POUR FAIRE LE DOS EN ENTIER, IL FAUT CINQ OU SIX RENDEZ-VOUS SUR UNE ANNÉE ENTIÈRE.
LE SANG VA COULER...
ET TU AURAS L'ODEUR D'UN ASSASSIN.
POUIC
NNH...
PAF
PAF
LES HOMMES FONT ÇA POUR PROUVER LEUR COURAGE, MAIS TOI, TU N'EN AS PAS BESOIN.
BOBOM
BOBOM
GYAH !
OUAH !
HÉ !
WHAM
ARRÊTE DE ME DONNER DES FES-SÉES !
PERVERS !
QUAND MOMO ÉTAIT PETIT, IL A DÛ DORMIR AVEC PLEIN DE CHOSES DIFFÉ-RENTES ENFONCÉES DANS LE CUL !
JE SAIS CE QUE C'EST DE VOIR LE SANG COULER !
HAA...
SI TU ESSAIES DE ME FAIRE PEUR, C'EST RATÉ !
HAA...

JUSTE SOUS LE PRÉTEXTE D'ÊTRE «FRÈRES»...
TU VOUDRAIS ME GRAVER SUR TON CORPS ?
TU M'AIMES TANT QUE ÇA ?
......
OUI...
AH BON...
TA JOLIE PEAU DOIT ÊTRE RECOUVERTE DE BAISERS...
ET NON PAS D'ENCRE.
IL FAUT QUE TU PRENNES SOIN DE TON CORPS. TU AS DÉJÀ TROP SUBI...
SI TU PARLES DE MES FESSES,
ELLES VONT TRÈS BIEN !
ET PUIS, C'EST COMPLÈTEMENT DIFFÉRENT
QUAND ON CHOISIT DE LE FAIRE SOI-MÊME, ANII !

JE SUIS PRÊT !
.....
C'EST CE QUE TU DIS...
OMOMO...
QUAND TU ES AMOUREUX, TU ES FORT.
FROTTE
FROTTE
MOI...
QUAND J'AIME, JE SUIS FAIBLE...

RESTE COMME TU ES.
ANII, TU ES DINGUE DE MOMO, EN FAIT, HEIN ?
DANS CE CAS,
JE NE LE FERAI PAS, ALORS...
HI HI...
HEUREU-SEMENT QUE TU ES MIGNON.

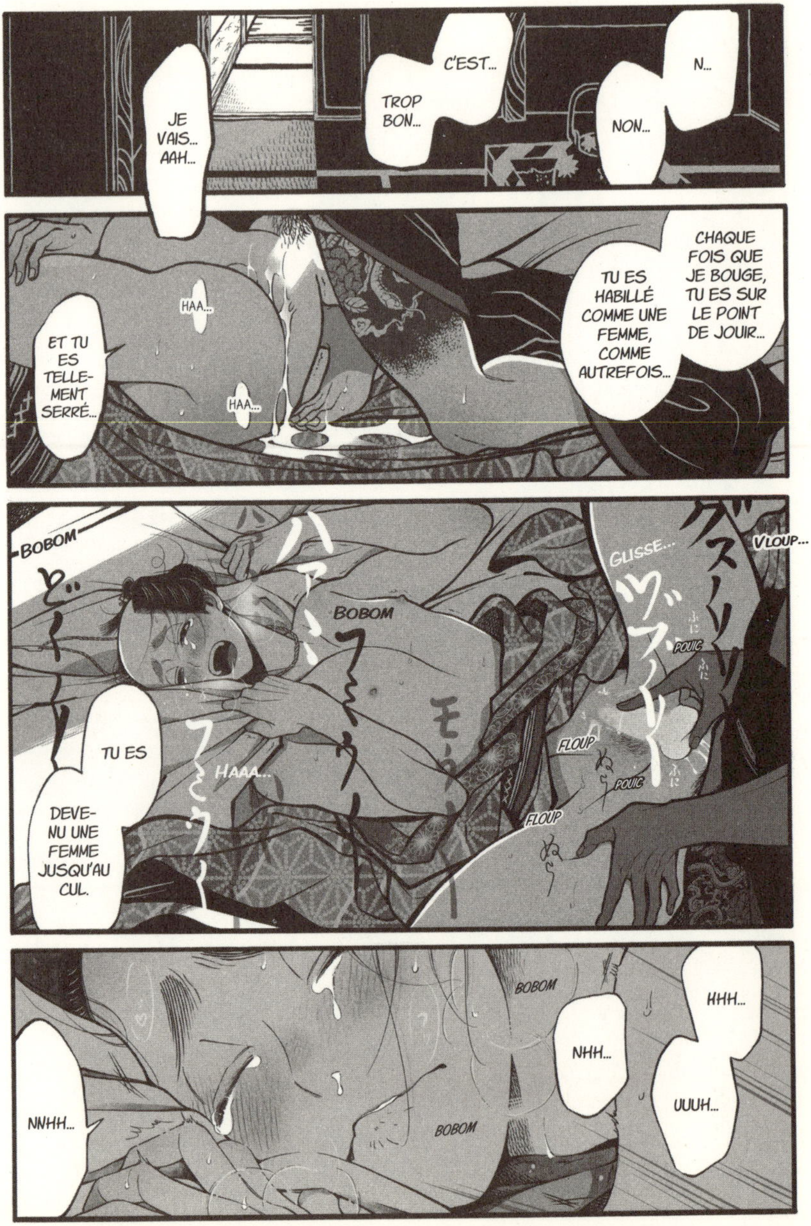
N...
NON...
C'EST...
TROP BON...
JE VAIS... AAH...
CHAQUE FOIS QUE JE BOUGE, TU ES SUR LE POINT DE JOUIR...
TU ES HABILLÉ COMME UNE FEMME, COMME AUTREFOIS...
HAA...
HAA...
ET TU ES TELLEMENT SERRÉ...
VLOUP...
GLISSE...
POUIC
BOBOM
FLOUP
POUIC
FLOUP
HAAA...
BOBOM
TU ES
DEVENU UNE FEMME JUSQU'AU CUL.
HHH...
BOBOM
NHH...
UUUH...
BOBOM
NNHH...

HAA...
HAA...
BOBOM
BOBOM
MÊME QUAND J'ÉTAIS KAGE-MA...
JE NE...
JE NE FAISAIS PAS ÇA...
NE BOUGE PAS.
NGHH...
BOBOM
POUSSE...
NHH...
Même si tu n'as pas de frange ou de kimono à longues manches...
HAA...
BAM
HAA...
Même si tu n'es pas tatoué,
BAM
Même comme ça...
GLISSE
GLISSE
BOBOM
Tu es adorable, Omomo.
AAAH...
ANII...
NE TE RETIRE PAS...
SERRE...
NE VA PAS...
TROP VITE...

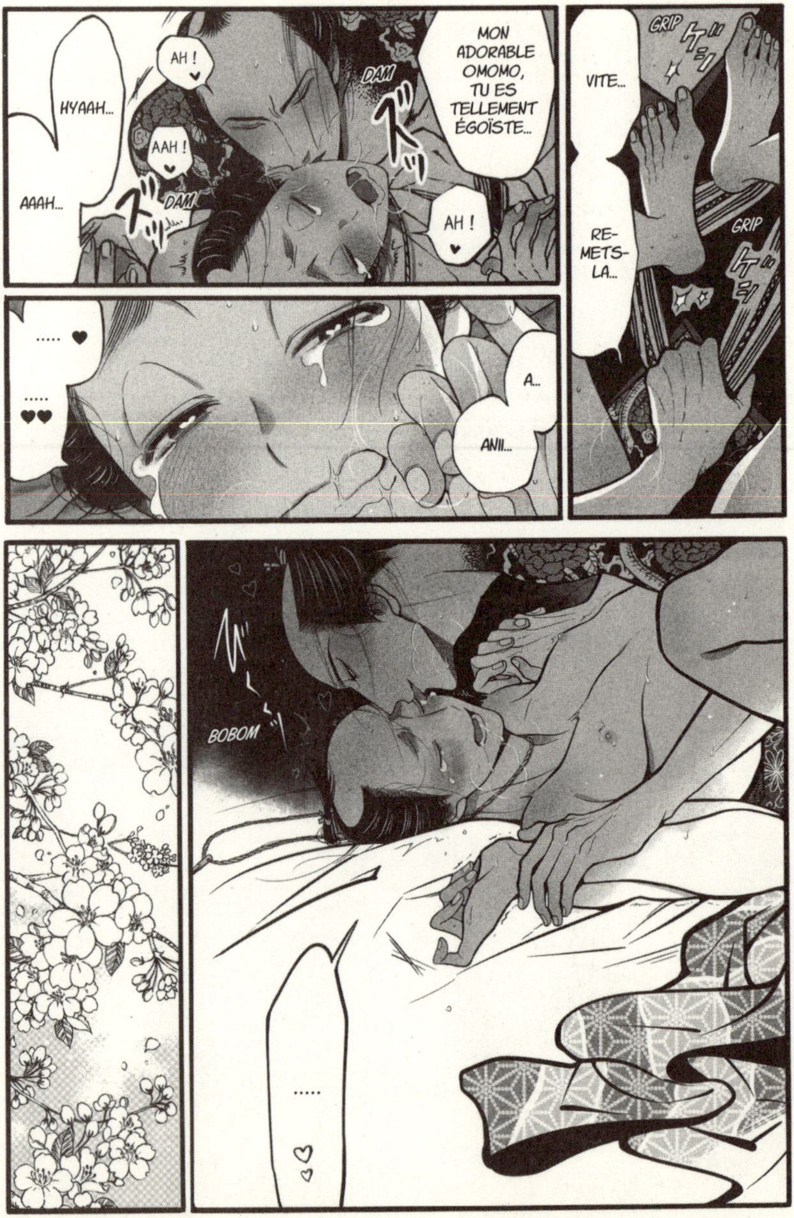
GRIP
VITE...
REMETS-LA...
GRIP
MON ADORABLE OMOMO, TU ES TELLEMENT ÉGOÏSTE...
DAM
AH !
AH !
AAH !
HYAAH...
DAM
AAAH...
A...
ANII...
..... ♥
..... ♥♥
BOBOM
.....
♥
♥

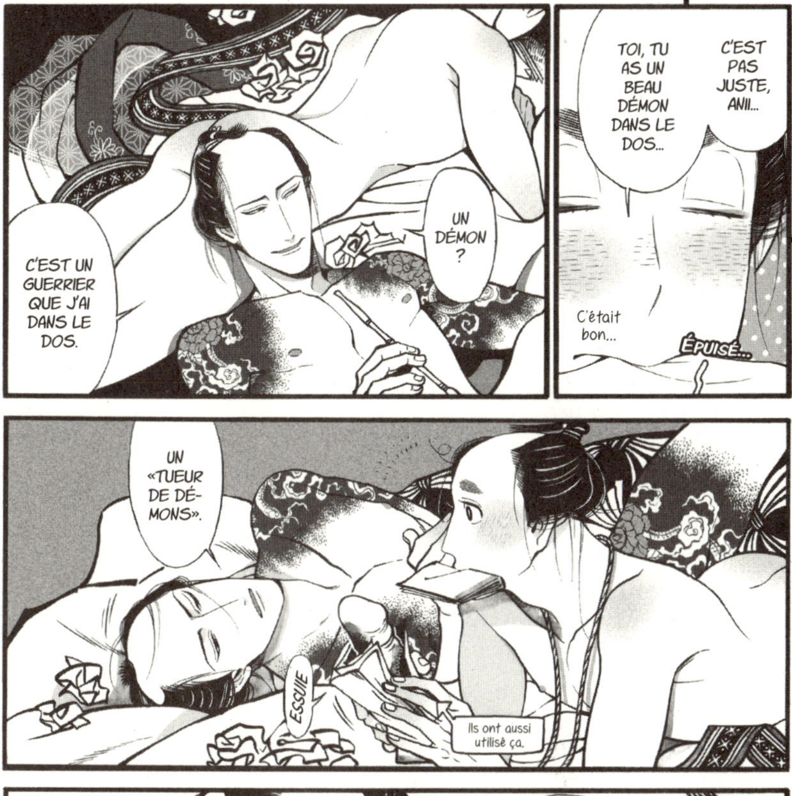

[*Momotarô est un héros du folklore japonais, un peu paresseux mais très fort, envoyé combattre des démons.]

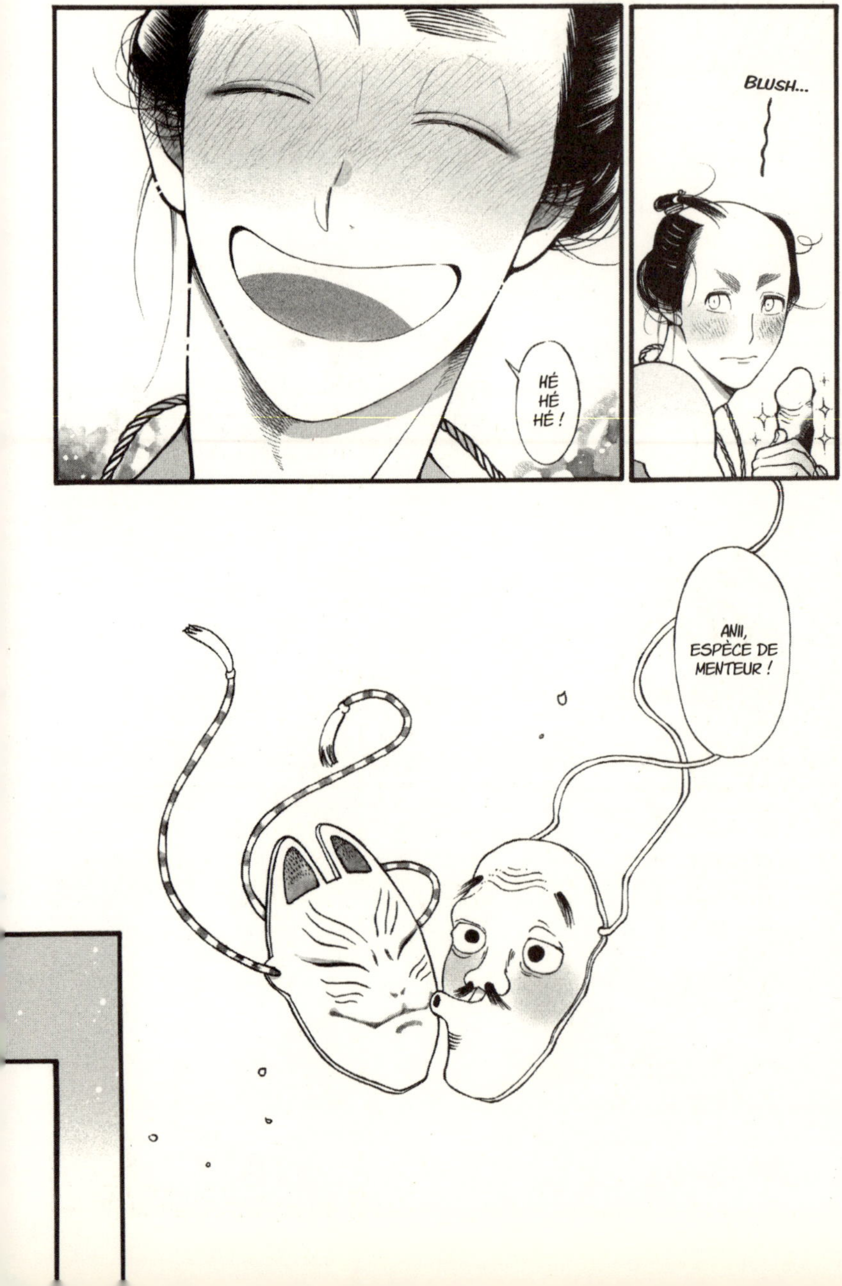
BLUSH...
HÉ HÉ HÉ !
ANII, ESPÈCE DE MENTEUR !

COMMENT, IL N'ÉTAIT PAS LÀ ?
ALORS, TU Y ES ALLÉ POUR RIEN...
ON DIRAIT BIEN QUE JE SUIS DESTINÉ À NE PAS LE REVOIR.
DÉSOLÉ.
YOMOKICHI, CE SERA POUR UNE PROCHAINE.
IL N'Y A PAS DE PROBLÈME, MAÎTRE.
Vous m'avez donné de l'argent, en plus...
JE SUIS JUSTE ALLÉ CHEZ LUI, CE N'ÉTAIT RIEN.
MANJI A PEUT-ÊTRE QUITTÉ MA MAISON,
MAIS JE LUI AI APPRIS LA FLÛTE, ET IL EN JOUE ENCORE.
IL A MÊME UN COMMERCE DE RÉPARATION DE FLÛTES À ASAKUSA.
PEUT-ÊTRE QUE ÇA VEUT DIRE QU'IL NE ME DÉTESTE PAS TANT QUE ÇA...

[*Inarizushi : sushi enveloppé dans du tofu frit]

[NDT : «Nué» dans le texte, animal légendaire à la tête de singe, au corps de chien, aux pattes de tigre et à la queue de serpent, porteur de malchance et maladie]

百
卍
MANJI
万次
MOMOKI
百樹

Espèce d'ingrat !
Tu veux nous mettre en faillite, ou quoi ?!
Déclencher une bagarre avec l'employé d'un autre magasin !
Maître, pardonnez-moi !!
Mais chaque fois que j'y vais, il m'agresse sexuellement !
Il fait même pleurer les enfants !
À cause de ça, la personne que j'aime n'a plus confiance en moi !
Il mériterait d'avoir la bite coupée !!
La voix pleine de colère de mon père...
Et le regard sévère de mon oncle...

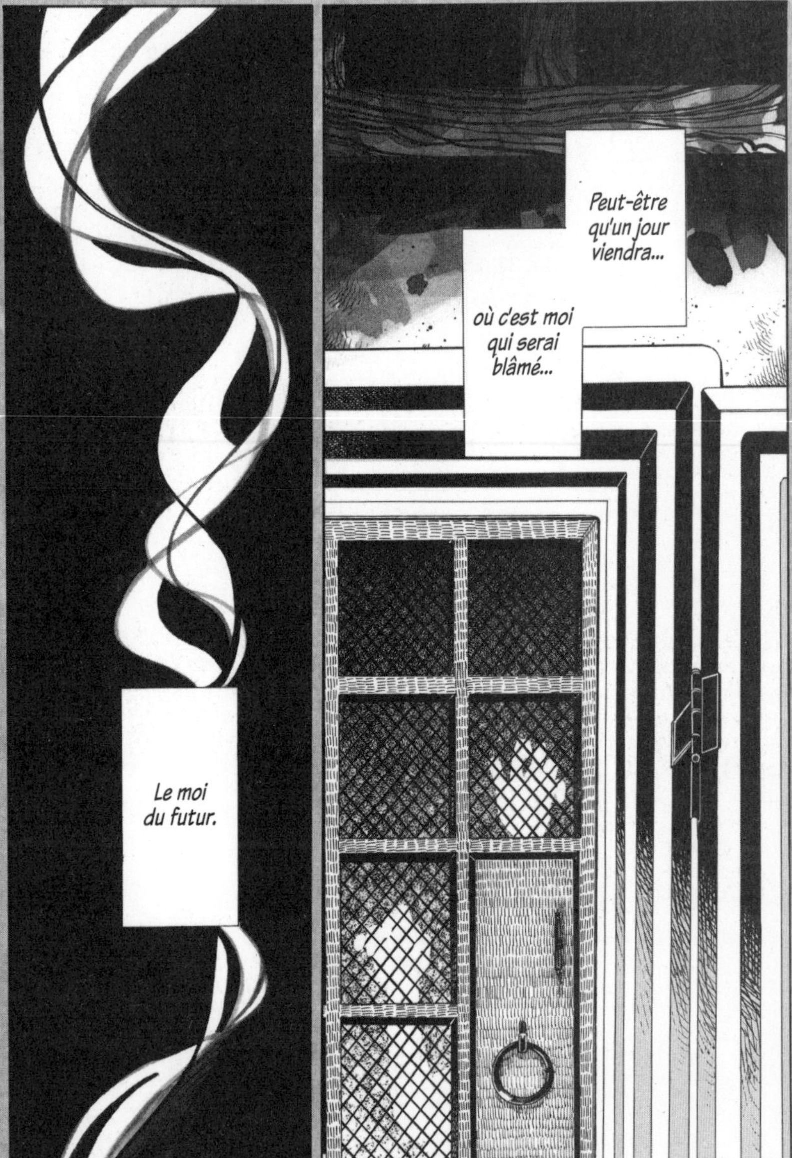
Peut-être qu'un jour viendra...
où c'est moi qui serai blâmé...
Le moi du futur.

Moi aussi,
Je suis amoureux de quelqu'un.
Moi, je ne l'aurais jamais laissé me toucher.
CRAC
C'est juste un serviteur...
Tu sais, mes filles t'adorent.
Elles te trouvent très coura-geux.
.....
C'est mieux de ne pas avoir beaucoup d'attaches quand on déménage souvent.
Mais à partir d'au-jourd'hui, tu fais partie de la maison.
Prends exemple sur tes grands frères. Un beau garçon comme toi devrait être plus prudent...
CRAC
CRAC

Ojiki *...
Khof !
Khof !
Khof !
Khof !
Mon beau garçon...
Tu n'as pas fini d'en voir.

[*Oncle]

Ojiki...
Je ne sais pas pourquoi,
mais j'ai l'impression que tout le monde m'aime.
Je n'apporte avec moi que des sentiments inutiles.
Cet homme...
recherche la confiance et l'honneur.
De toute ma vie, je ne pourrai jamais lui donner ce qu'il attend de moi.

CHAPITRE 14 / HIER EST L'HISTOIRE D'AUJOURD'HUI

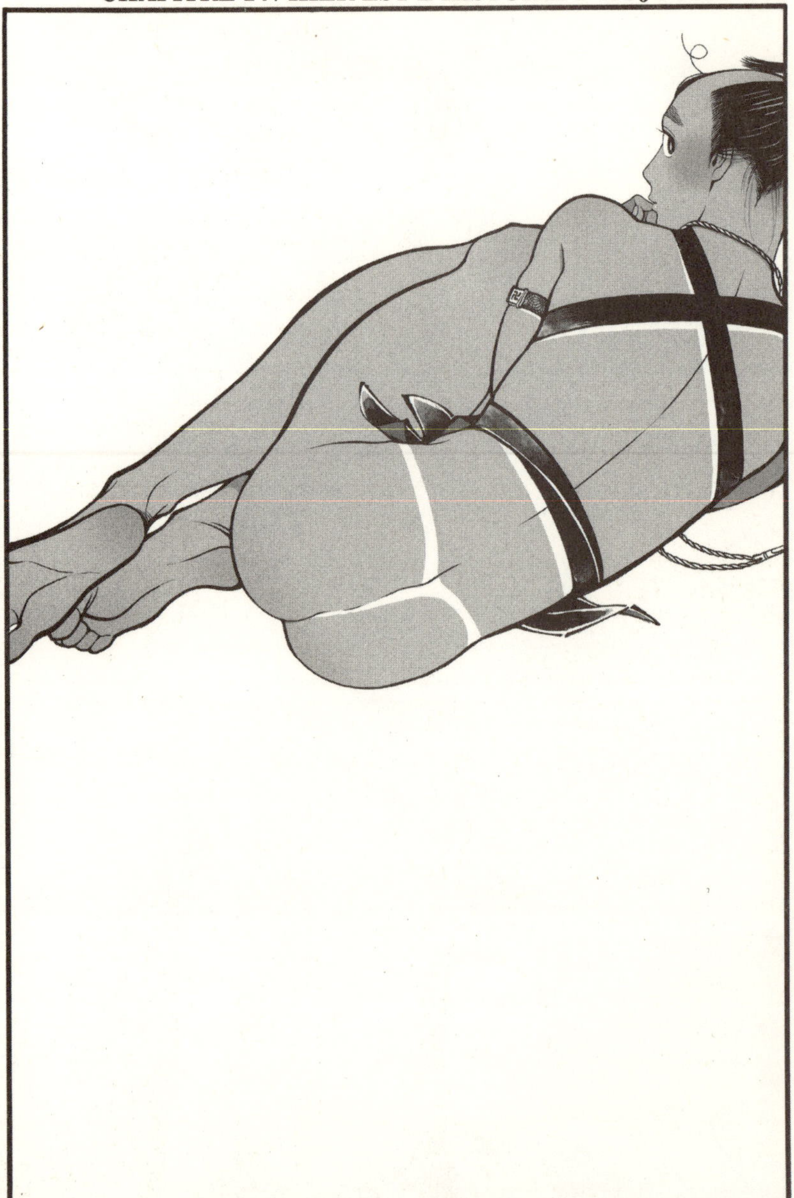

PLIC
PLIC
ぼろ〜〜っ
EN LAMBEAUX...
ON EST PARTIS JUSTE DEUX JOURS DANS LA MAISON DE THÉ...
ET ON REVIENT POUR TROUVER ÇA...
GRAAAH !
ガラッ
ENCORE CES SALES GAMINS !!
Bande de garnements !!
DEMAIN, AU COURS DE CALLIGRAPHIE, JE VAIS LES PUNIR COMME IL FAUT !
FLAP
FLAP
.....

PAS VRAI, ANII ?!
PUN PUN
OUI, OUI...
PUN
PUN
LE PREMIER TROU, C'ÉTAIT TOI QUI L'AVAIS OUVERT, ANII...
MAIS LÀ, IL Y EN A TROP...
TROU...
HI HI HI !
QU'EST-CE QUI TE FAIT RIRE ?!
RIEN, RIEN, C'EST JUSTE QUE J'AI L'ESPRIT MAL TOURNÉ.
FHH
TAP
BREF, ALLONS ACHETER UN PEU D'ALCOOL...
CLAC
ガヤ
CLAC
ガヤ
ET ON PRENDRA UN PETIT QUELQUE CHOSE À MANGER POUR ALLER AVEC.

ILS METTENT BIEN DU TEMPS À RAMENER LES AMUSE-BOUCHE...
MH !
JE VAIS ALLER LES CHERCHER !
CLAC
CLAC
AAAAH !

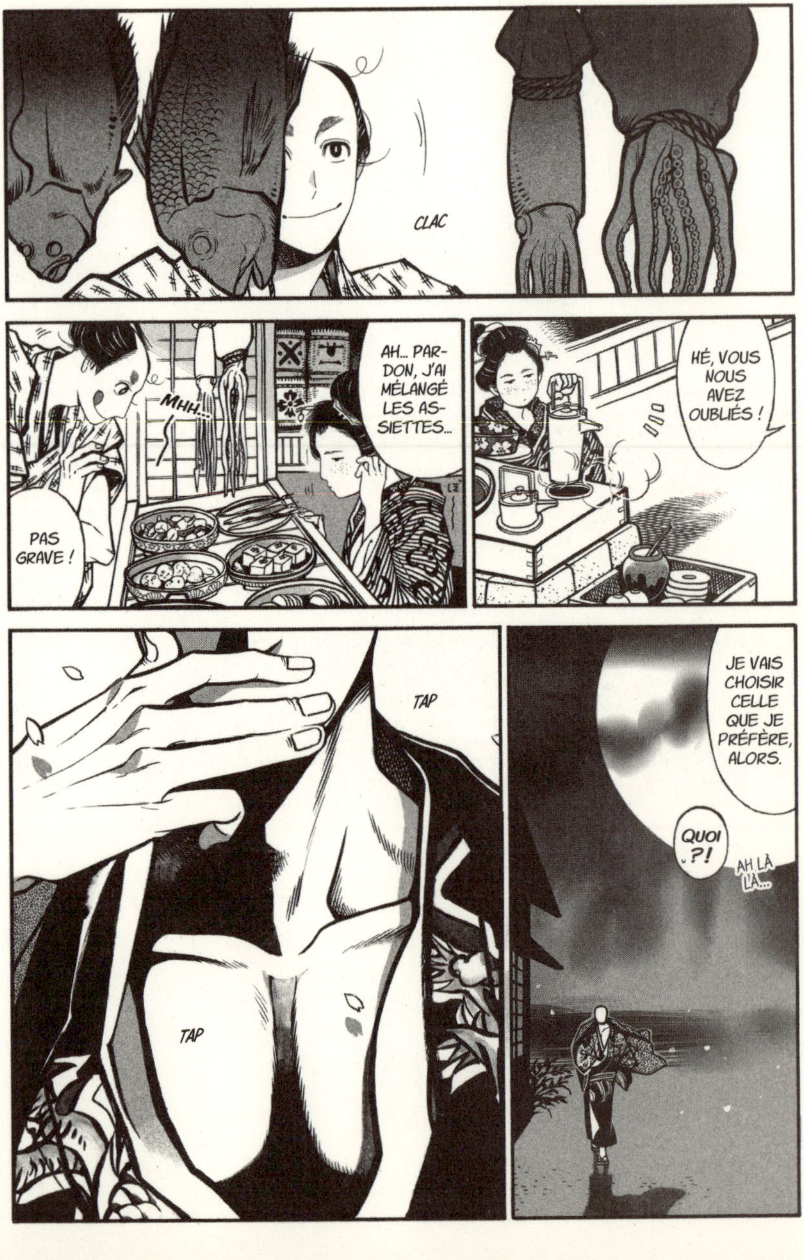
CLAC
HÉ, VOUS NOUS AVEZ OUBLIÉS !
AH... PARDON, J'AI MÉLANGÉ LES ASSIETTES...
MHH...
PAS GRAVE !
JE VAIS CHOISIR CELLE QUE JE PRÉFÈRE, ALORS.
QUOI ?!
AH LÀ LÀ...
TAP
TAP

HÉ, PETIT...
IL Y A QUELQUE CHOSE DE BON À MANGER ICI ?
Alors alors, je prends quoi...
TOUT CE QUI EST PAS CHER EST BON !
LES RACINES DE TARO BOUILLIES PUIS REVENUES DANS LE VIN ET LE SUCRE, LE POULPE MARINÉ,
BROUHAHA
LES SARDINES GRILLÉES, L'ALCOOL, LES SASHIMIS, TOUT !
BROUHAHA
AH BON...
C'EST UN REPAS POUR UNE FEMME EN COLÈRE, ALORS JE NE DEVRAIS PAS TROP ME CHARGER...
HEIN ?
OUAH...
VOTRE CICATRICE SUR LE SOURCIL, LÀ,
ELLE NE VOUS FAIT PAS MAL ?

.....
C'EST UNE VIEILLE BLES-SURE.
J'OUBLIE SOUVENT QU'ELLE EST LÀ...
HA !
MAIS SI TU VEUX ME RÉCON-FORTER, NE TE GÊNE PAS...
?
AH, MAIS VOUS SAVEZ,
MOMO A DÉJÀ TROUVÉ L'ÉLU DE SON CŒUR...
Sans mentir !
HI HI HI

HMM...
Ah, et sinon, Momo aime beaucoup le riz aux légumes, ici
L'ÉLU...
DE TON CŒUR...

GRIP
OUAH !!
UN GRAND GARÇON COMME TOI QUI S'APPELLE «MOMO», C'EST ÉTRANGE...
!?
?
?
AH !
HAA
QU'EST-CE QUI TE PREND, PERVERS ?!
ÇA VA PAS, DE TOUCHER LE CUL DES AUTRES ?!
JE VAIS TE FRAPPER !!
PAF !!

FSCHHH...
SALUT.
TU TE CACHES TOUJOURS LA TÊTE DE LA MÊME FAÇON...
MANJI.

SEN...
FSCHHHH...
...
AH...
ILS SE CONNAIS-SENT ?
JE VOIS QUE TU AS L'AIR DE TE PORTER PLUTÔT BIEN,
POUR QUELQU'UN QUI S'EST FAIT DÉFIGURER.
FUIP
C'EST TOI QUI M'AS FAIT CETTE CICATRICE, ALORS ÇA NE ME DÉRANGE PAS DE LA MONTRER.
QU'EST-CE QUE TU ME VEUX ?
ALLONS, TOI ET MOI, ON EST AMIS, PAS VRAI ?
PAS LE PEINE DE ME LANCER CE REGARD MEUR-TRIER.

SI JE SUIS VENU,
C'EST POUR TE BAISER COMME DANS LE TEMPS.
AH BON ?
T'AS DU CULOT DE DIRE ÇA...
ET TOI, ON DIRAIT QUE TU T'ES RANGÉ ?
MANJI, LE «TUEUR DE DÉMONS»...

Je t'ai vu au Nouvel An, à Hanamachi...
J'étais là-bas avec mon amante du moment...
Je n'ai pas oublié ton expression.
Tout le monde était aussi excité que si un acteur venait de monter sur la scène.
Mais toi...
Ça m'intriguait.
Tu ne dormais pas, et moins tu dormais, plus tu étais en colère...
Ton maquillage rouge s'effaçait.
IL N'A PAS DU TOUT CHANGÉ...

Quel magnifique désespoir sur ton visage...
Ton malheur fait mon bonheur.
Mais...
Comparé à autrefois...
Tu es encore plus...
Manji-sama !
Manji-sama !
Tenez, les œufs que vous aimiez ! Prenez-les avec vous !
TADAM
Eh bien...
Merci beaucoup.

Il doit y avoir...
quelqu'un de gourmand qui l'attend chez lui.
Ces œufs donnent de la vigueur !
On peut jouir six fois de suite en les mangeant !
Quelle chaleur...
Pervers
Quelle provocation !
Je ne pouvais pas l'accepter.
Tu oses rire et sourire...
Et te lier avec un autre, alors que tu m'as rejeté ?

[*Momo et Hyaku (cent) s'écrivent avec le même kanji]

WHAM
ARRÊTE D'INSULTER OMOMO !!
PAF !!
ANI ?!
Un coup de boule ?!
GLOUPS !
ÇA FAIT MAL !
WHAM

TU ES TOUJOURS AUSSI RAPIDE À CHERCHER LA BAGARRE...
TU N'AS PAS CHANGÉ.
ET TOI, TU AS TOUJOURS DES ARMES SUR TOI...
PANIQUE
PANIQUE
ANII !
Tu saignes !
Tu saignes !
ON DIRAIT UN YAKUZA...
VISIBLEMENT,
TU AS TOUCHÉ LE FOND, SEN.
.....
DEPUIS QUE TU M'AS BLESSÉ À LA TÊTE...
JE SUIS INCAPABLE DE FAIRE MON BOULOT DE POMPIER...
GRRRR...
JE M'EN FOUS !!
LAISSE MON AMANT TRANQUILLE.

BLAM
HAA...
POURTANT...
TU ÉTAIS AMOUREUX...
DE MAÎTRE IWAI, PAS VRAI ?
C'EST CE QUE J'AI TOUJOURS PENSÉ.
GLOUPS !
Arrête ! Omomo nous écoute !

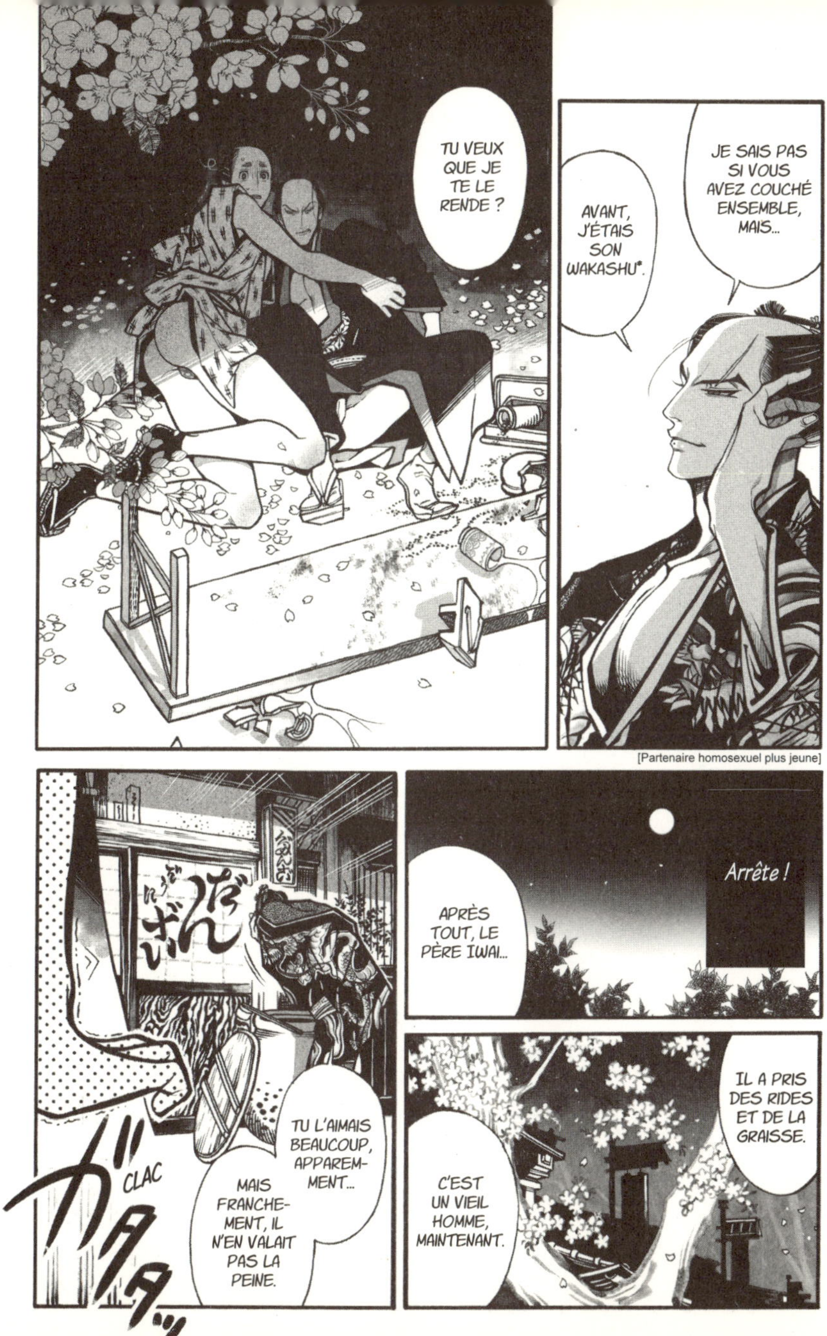
JE SAIS PAS SI VOUS AVEZ COUCHÉ ENSEMBLE, MAIS...
AVANT, J'ÉTAIS SON WAKASHU*.
TU VEUX QUE JE TE LE RENDE ?
[Partenaire homosexuel plus jeune]
Arrête !
APRÈS TOUT, LE PÈRE IWAI...
IL A PRIS DES RIDES ET DE LA GRAISSE.
C'EST UN VIEIL HOMME, MAINTENANT.
TU L'AIMAIS BEAUCOUP, APPAREMMENT...
MAIS FRANCHEMENT, IL N'EN VALAIT PAS LA PEINE.
CLAC

プル
TREMBLE
カッ
プル
TREMBLE
プル
GRAAAAH !
ÇA SUFFIT, MAINTENANT !!!
PRÉSENTE TES EXCUSES !!
À MOMO,
À ANII,
ET AUSSI À IWAI-SAN !!
Omomo ?!
Comment...
connaît-il mon oncle ?
ARRÊTE DE CRIER.
AH !
SPLASH

SPLASH
GRIP
QUELLE TÊTE ! ÇA VAUT LE COUP DE TE MARTYRISER...
AAAH !
OMOMO !!
BLAM
PAF !

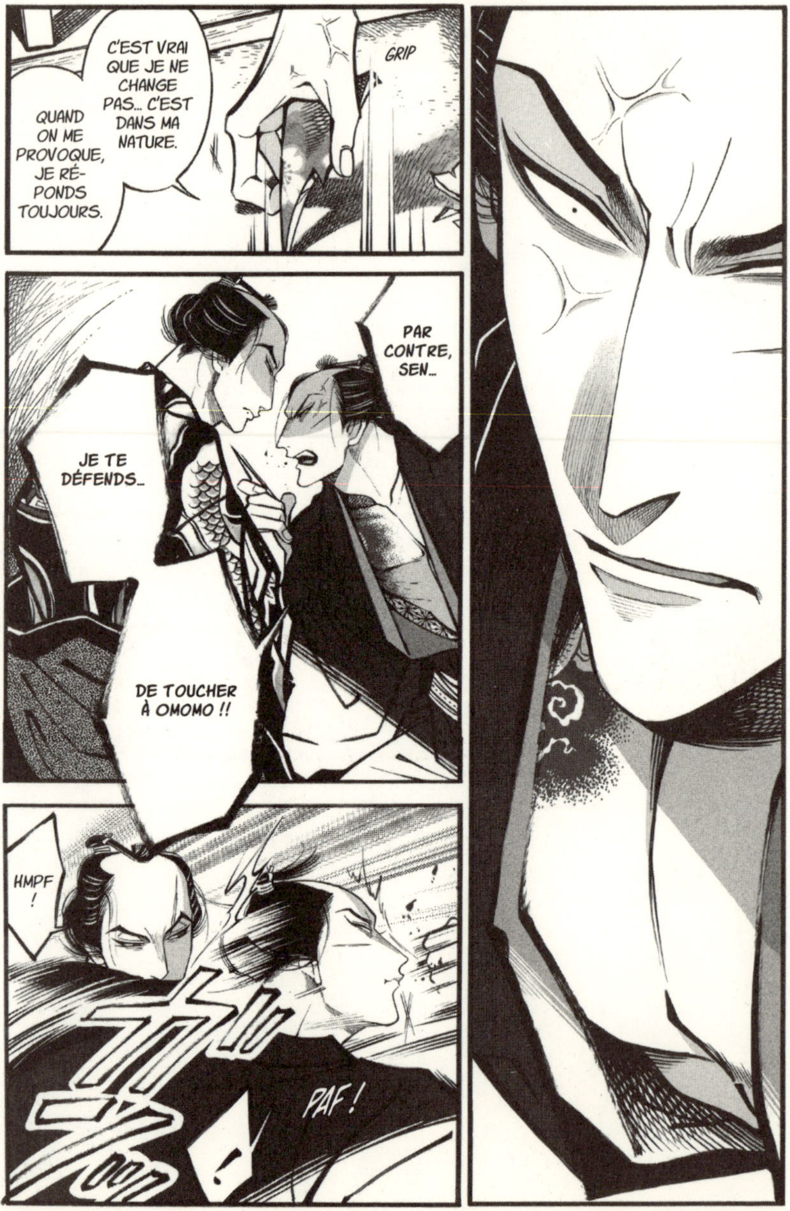
C'EST VRAI QUE JE NE CHANGE PAS... C'EST DANS MA NATURE.
QUAND ON ME PROVOQUE, JE RÉPONDS TOUJOURS.
GRIP
PAR CONTRE, SEN...
JE TE DÉFENDS...
DE TOUCHER À OMOMO !!
HMPF !
PAF !
!

PAF !
TU RETIENS JAMAIS LA LEÇON, HEIN !
URGH !
CETTE FOIS...
JE VAIS VRAIMENT TE TUER !
À L'ÉPOQUE, CHAQUE JOUR, JE ME JETAIS DANS LA BATAILLE EN ÉTANT PRÊT À MOURIR...
MAINTE-NANT, C'EST DIFFÉ-RENT.
J'AI AUTRE CHOSE À FAIRE QUE DE RISQUER MA VIE.
POUSSE...
.....
PFF...
QUEL ENNUI...
TU ES DEVENU LÂCHE, TUEUR DE DÉMONS.
FUIP
TU VAS GOÛTER À MA LAME !!

GRIP
OMOMO !
LÂCHE-LE !
GRIP
GRIP
ANII !
ÇA SUFFIT !
GRIP
QUELLE FORCE ...
SERRE...
ÇA SUFFIT, LES BAGARRES !
JE NE VEUX PAS VOIR DE SANG !!

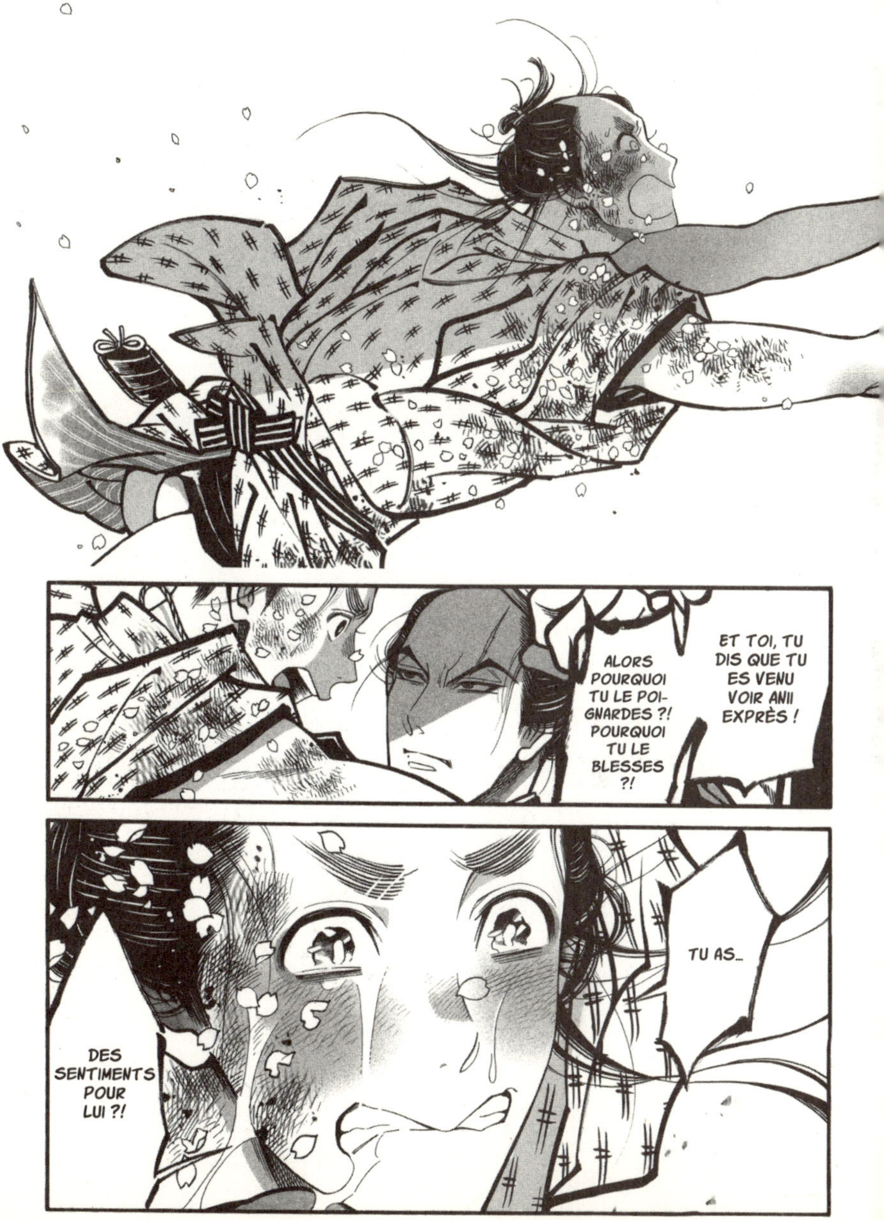
ET TOI, TU DIS QUE TU ES VENU VOIR ANII EXPRÈS !
ALORS POURQUOI TU LE POI-GNARDES ?! POURQUOI TU LE BLESSES ?!
TU AS...
DES SENTIMENTS POUR LUI ?!

HAA...
MAIS...
C'EST...
HAA...
HAA...
BIZARRE...
ON EST AU PRINTEMPS...
ÇA FAIT TROIS MOIS DEPUIS LE NOUVEL AN !
QU'EST-CE QUE TU FAISAIS ?!
SI MOMO RETROUVAIT QUELQU'UN QU'IL AIMAIT AUPARAVANT,
IL AURAIT ENVIE DE LUI PARLER TOUT DE SUITE !
IL FONCERAIT VERS LUI !!

FLAP
MAIS MOMO A JURÉ...
QU'IL N'Y RETOURNERAIT PLUS...
FLAP
C'ÉTAIT UN AMOUR BIEN PLUS SÉRIEUX QUE LE TIEN !!
ET C'EST QUOI, CETTE HISTOIRE DE FEMME EN COLÈRE ?!
TU ES JUSTE VENU POUR FAIRE DU MAL À ANII !
GRRR...
CLAC
ET ALORS, LÀ ?!
T'AS PAS UNE EXCUSE À LUI RÉPONDRE ?!
POURQUOI TU RESTES SILENCIEUX ?!
C'EST PAS BEAU, ÇA !!
Bourré
Qu'est-ce qui se passe ?
Une dispute...

.....
BROUHAHA
LES IMBÉCILES DÉBARQUENT...
ARRÊTONS-NOUS LÀ.
GRIP
FLAP
FLAP
C'EST AMUSANT DE VOIR L'AMOUR TE RENDRE SI FAIBLE,
TUEUR DE DÉMONS...
JE PRÉFÈRE AVOIR LE SOUFFLE COUPÉ EN LE REGARDANT...
PLUTÔT QUE DE M'ÉTOUFFER AVEC LA FUMÉE DES INCENDIES.
HAAA...
HAAA...

NE REVIENS PLUS JAMAIS ICI,
SEN.
ON VERRA.
CRÔA
CRÔA

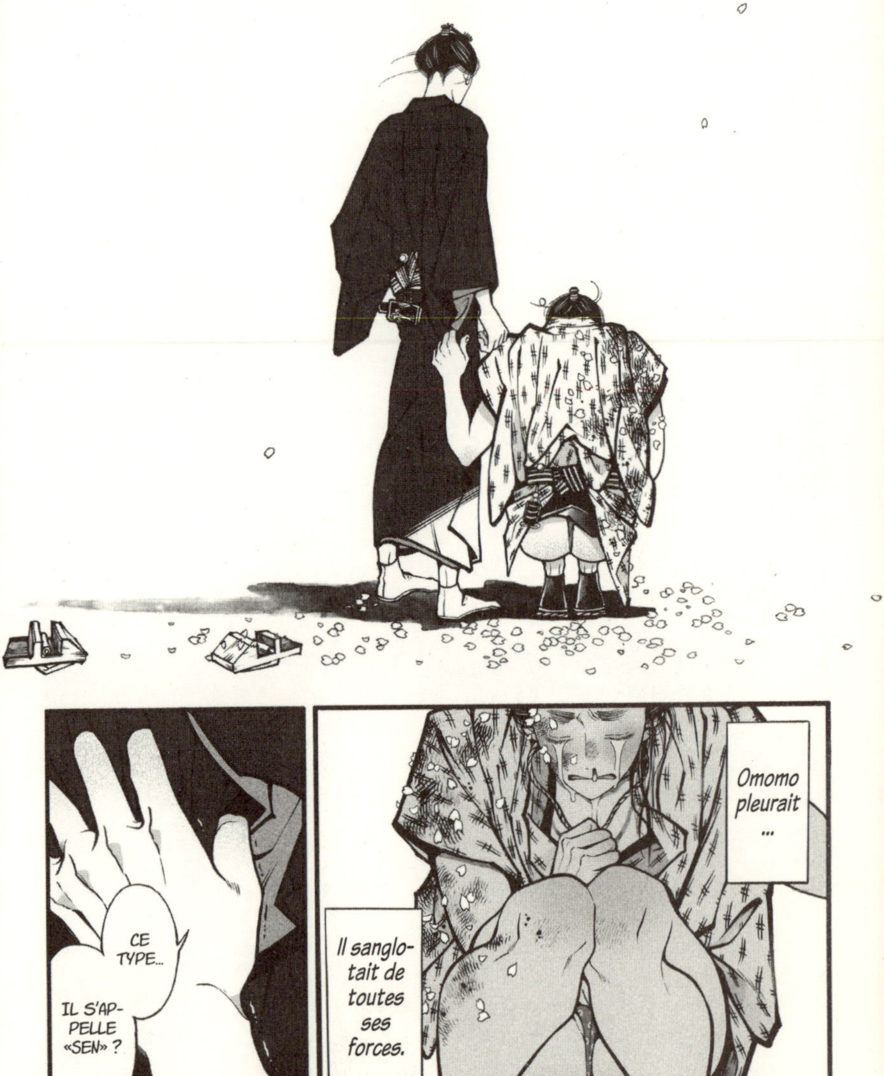

Omomo pleurait ...
Il sanglotait de toutes ses forces.
CE TYPE...
IL S'APPELLE «SEN» ?

TU FAISAIS UNE TÊTE MÉCHANTE, ANII...
TU M'AS FAIT PEUR...
MOMO...
SNIF
SNIF
MOMO PEUT ÊTRE PRIS POUR UN IDIOT, IL S'EN FICHE...
APRÈS TOUT, C'EST LA VÉRITÉ.
MAIS ÇA, NON...
IWAI-SAN EST QUELQU'UN DE BIEN...
MOMO L'AIME BEAUCOUP...
ずび…
OMO-MO...
QUAND JE T'AI RENCONTRÉ,
J'AVAIS COUPÉ LES PONTS DEPUIS LONGTEMPS DÉJÀ.
QUE CE SOIT AVEC LUI OU AVEC MON ONCLE...

CHAPITRE 15 / PARFOIS ORAGEUSE, TU ES UNE TEMPÊTE

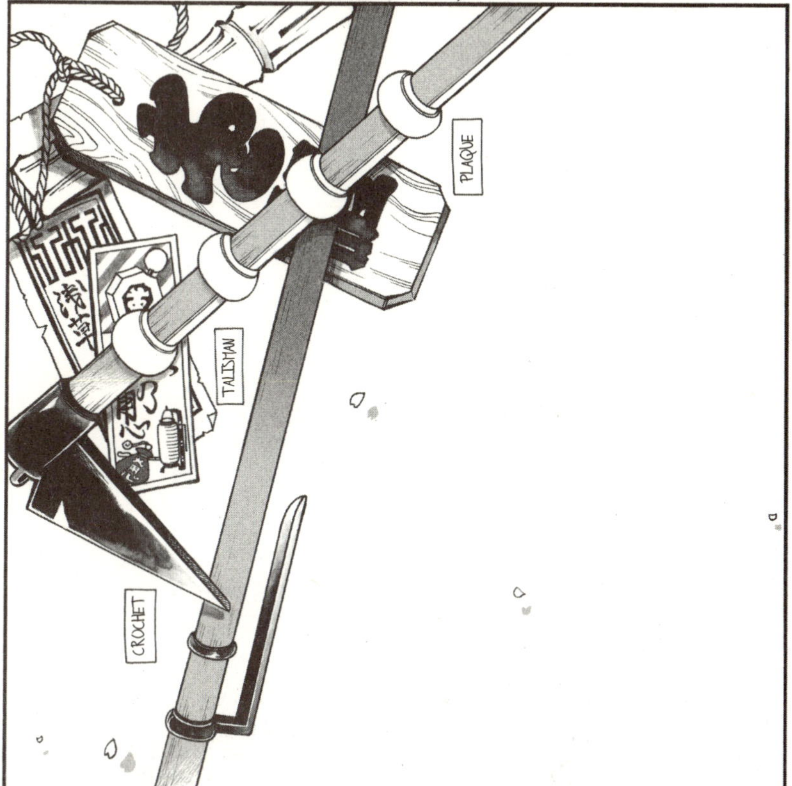

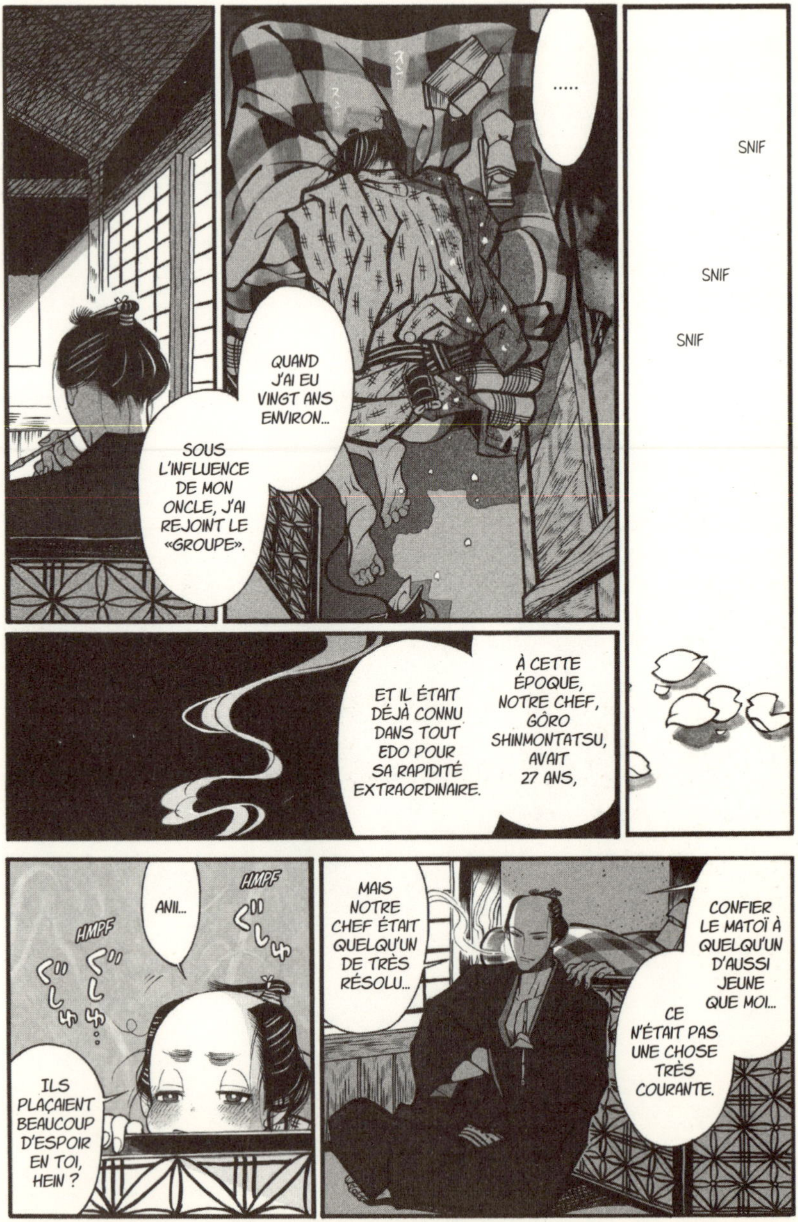
SNIF
SNIF
SNIF
.....
QUAND J'AI EU VINGT ANS ENVIRON...
SOUS L'INFLUENCE DE MON ONCLE, J'AI REJOINT LE «GROUPE».
À CETTE ÉPOQUE, NOTRE CHEF, GÔRO SHINMONTATSU, AVAIT 27 ANS,
ET IL ÉTAIT DÉJÀ CONNU DANS TOUT EDO POUR SA RAPIDITÉ EXTRAORDINAIRE.
CONFIER LE MATOÏ À QUELQU'UN D'AUSSI JEUNE QUE MOI...
CE N'ÉTAIT PAS UNE CHOSE TRÈS COURANTE.
MAIS NOTRE CHEF ÉTAIT QUELQU'UN DE TRÈS RÉSOLU...
HMPF
ANII...
HMPF
ILS PLAÇAIENT BEAUCOUP D'ESPOIR EN TOI, HEIN ?

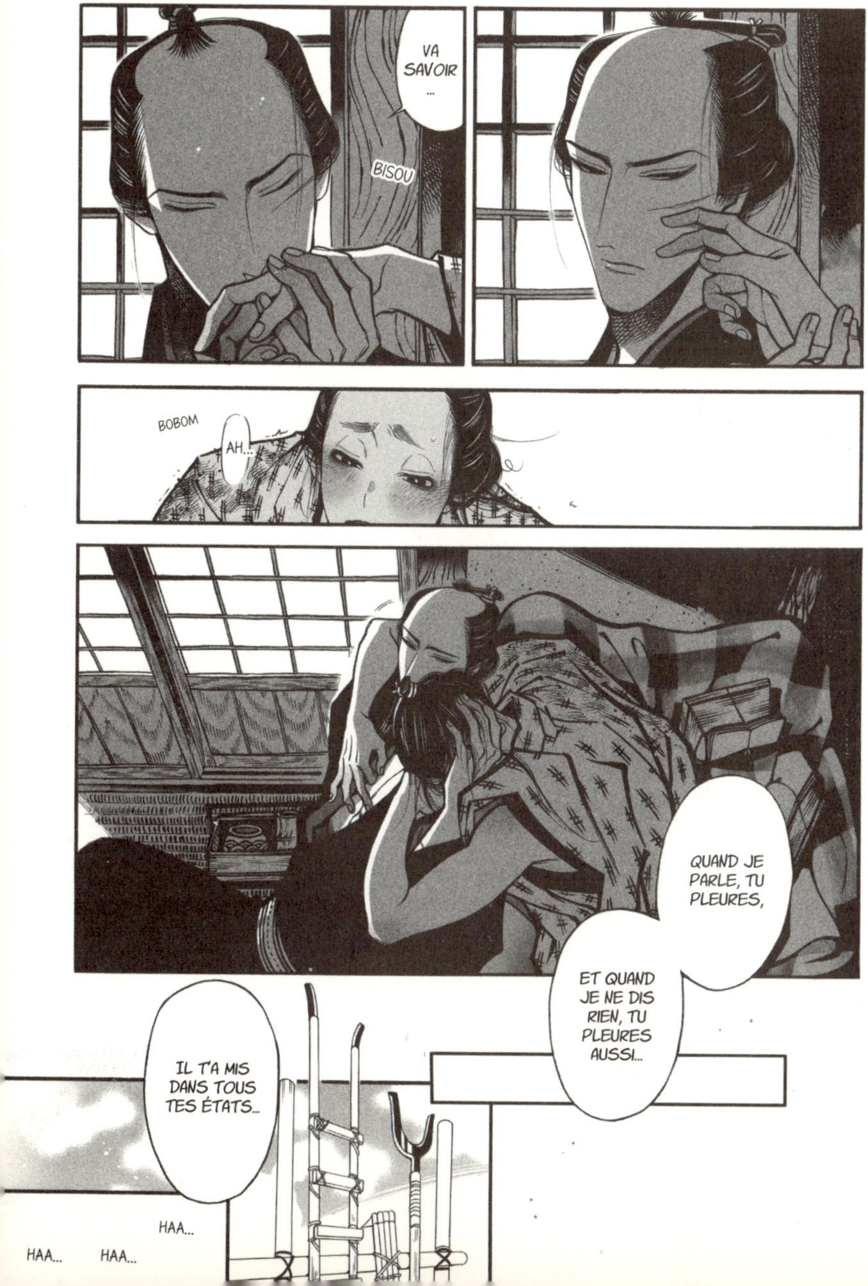
VA SAVOIR ...
BISOU
BOBOM
AH...
QUAND JE PARLE, TU PLEURES,
ET QUAND JE NE DIS RIEN, TU PLEURES AUSSI...
IL T'A MIS DANS TOUS TES ÉTATS...
HAA...
HAA...
HAA...

GROOOO
GROOOO
VITE !!
DITES À TOUT LE MONDE DE METTRE UN KIMONO TREMPÉ SUR LEUR VISAGE ET DE S'EN-FUIR !!
TCHAC
LES VOILÀ !!
LA BRIGADE DU FEU !!

ALLEZ PLANTER LE MATOÏ SUR LE TOIT !
SOYEZ PRU-DENTS !!
GROO
SPLASH
FLAP
SPLASH
CLAC
ガンッ
CLAC
ガンッ
MANJI !
N'AP-PROCHE PAS !
CLAC
CLAC

GROOOO...
SEN...
DONNE-MOI LE MATOÏ.
Les porteurs du matoï se rendent généralement sur le lieu de l'incendie à deux.
Tiens !
Le matoï est un signe de reconnaissance.
Aller le planter sur un toit entouré par les flammes...
Montre la volonté du pompier et sa confiance à arrêter l'incendie avant qu'il ne s'étende.
Par ailleurs,
Peu importe à quel point les flammes rugissent autour de lui,
il ne descendra pas du toit avant qu'il n'entende la voix de son chef le lui ordonnant.
SPLASH
TCHAC
«Il faut protéger la vie du porteur du matoï».

COMBATTANTS DU FEU !!
SOYEZ BRAVES !
SOYEZ AUDACIEUX !!
C'EST LE MOMENT DU COURAGE !!
C'était ce sentiment qui inspirait les pompiers à lutter encore plus dur.

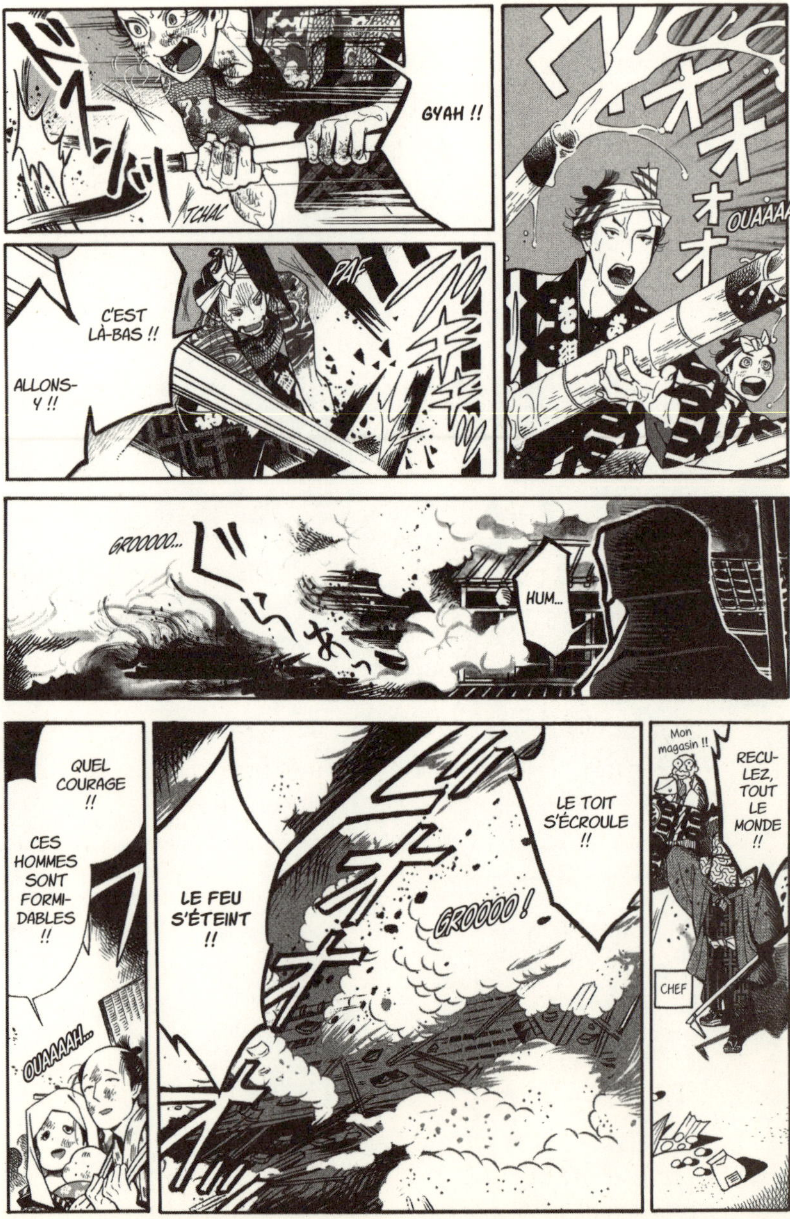
OUAAAAH !
GYAH !!
TCHAC
PAF
C'EST LÀ-BAS !!
ALLONS-Y !!
HUM...
GROOOOO...
RECULEZ, TOUT LE MONDE !!
Mon magasin !!
CHEF
LE TOIT S'ÉCROULE !!
GROOOO !
LE FEU S'ÉTEINT !!
QUEL COURAGE !!
CES HOMMES SONT FORMIDABLES !!
OUAAAAH...

YAAH !
ON EST LES MEIL-LEURS !!

FUIII

BRAVO !!

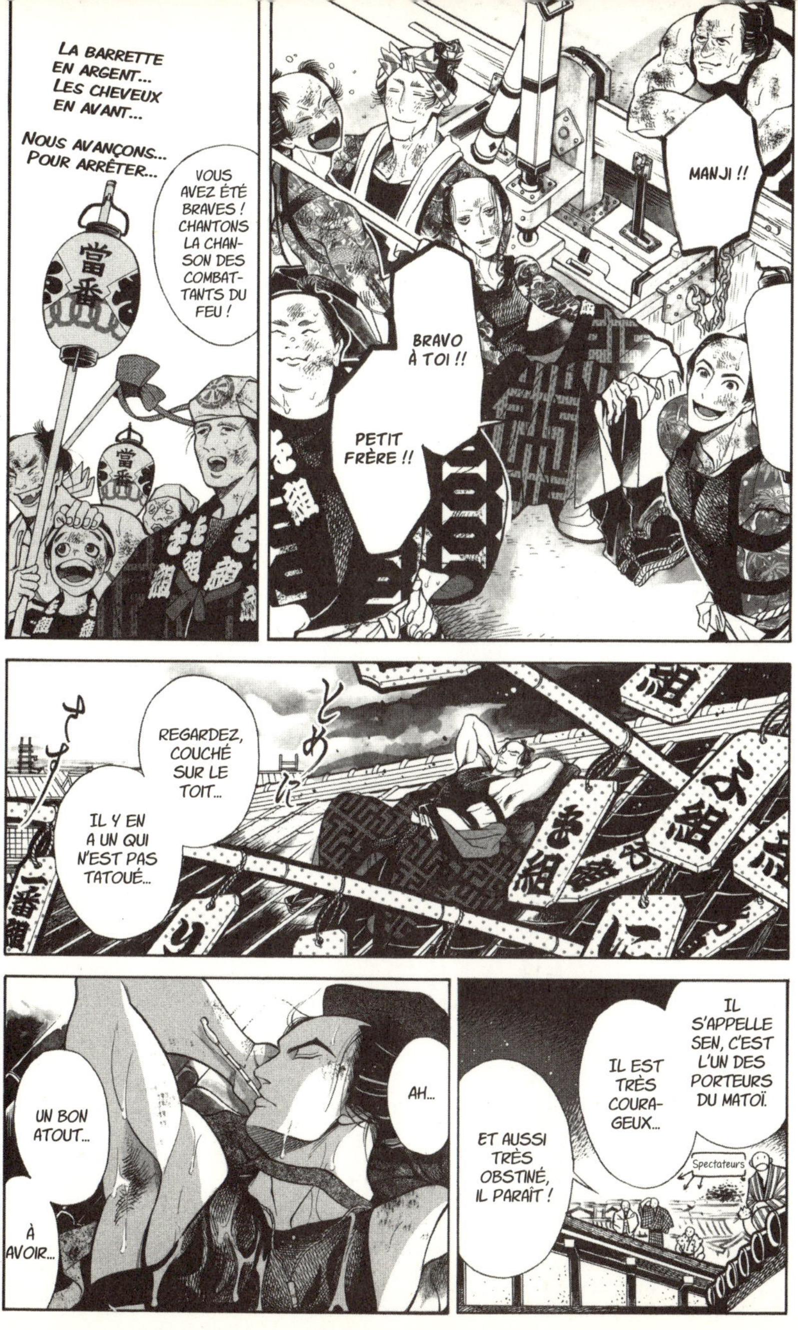
MANJI !!
BRAVO À TOI !!
PETIT FRÈRE !!
LA BARRETTE EN ARGENT... LES CHEVEUX EN AVANT...
NOUS AVANÇONS... POUR ARRÊTER...
VOUS AVEZ ÉTÉ BRAVES ! CHANTONS LA CHANSON DES COMBATTANTS DU FEU !
REGARDEZ, COUCHÉ SUR LE TOIT...
IL Y EN A UN QUI N'EST PAS TATOUÉ...
IL S'APPELLE SEN, C'EST L'UN DES PORTEURS DU MATOÏ.
IL EST TRÈS COURAGEUX...
ET AUSSI TRÈS OBSTINÉ, IL PARAÎT !
Spectateurs
AH...
UN BON ATOUT...
À AVOIR...

FUIP
FUIP
Genbu no Sadakurô
TU AS ÉTÉ BRÛLÉ, SUEKICHI...
J'AI ENCORE PERDU MES SOURCILS...
Suzaku no Suekichi
SADA, TU POURRAS ME LES DESSINER, PLUS TARD ?
VOUS AVEZ VU LE COURAGE QU'A DÉPLOYÉ MANJI ?!
J'ADORERAIS LUI RESSEMBLER !
Kurikara no Kintarô
TU POURRAS JAMAIS ÊTRE COMME LUI, À MOINS DE BOIRE UNE INFUSION DE SES POILS DE CUL...
Nyahaha
PARDON ?!
SUE-ANIKI, T'ES VRAIMENT DÉGUEU !!
KINTARÔ, T'AS ENCORE JAMAIS TREMPÉ TON BISCUIT, PAS VRAI ? T'ES TELLEMENT INNOCENT !
ÇA SUFFIT, TOUS LES DEUX.
DEMANDE À MANJI DE T'APPRENDRE À ÉTREINDRE UNE FEMME.
OBSERVE-LE DE PRÈS... MAIS PAS DE TROP PRÈS QUAND MÊME.

ET EN PLUS, IL EST BEAU ET VIRIL !
MÊME S'IL L'OUBLIE SOUVENT...
Shira-tora no Tsuna
OUUUUH
AIE L'AIR INDIFFÉRENT ET BLASÉ COMME LUI...
ET TOUTES LES FEMMES TE COURRONT APRÈS.
IL EST COMME DE L'EAU QUI NE CRAINT PAS LE FEU...
C'EST UN HOMME QUI AIME LE DANGER.
.....
BOM
BOM
ÉCOUTE LES CONSEILS DE TSUNA-ANIKI.
SI JE ME RAPPELLE BIEN, SA FEMME...
Manji fan
La mienne aussi...
EST FOLLE DE MANJI, OUI.
JE NE CROIS PAS AVOIR ENVIE DE TROUVER UNE FEMME ET DE ME POSER.
COMPARÉ AUX INCENDIES,
ÇA ME FAIT BEAUCOUP PLUS PEUR.

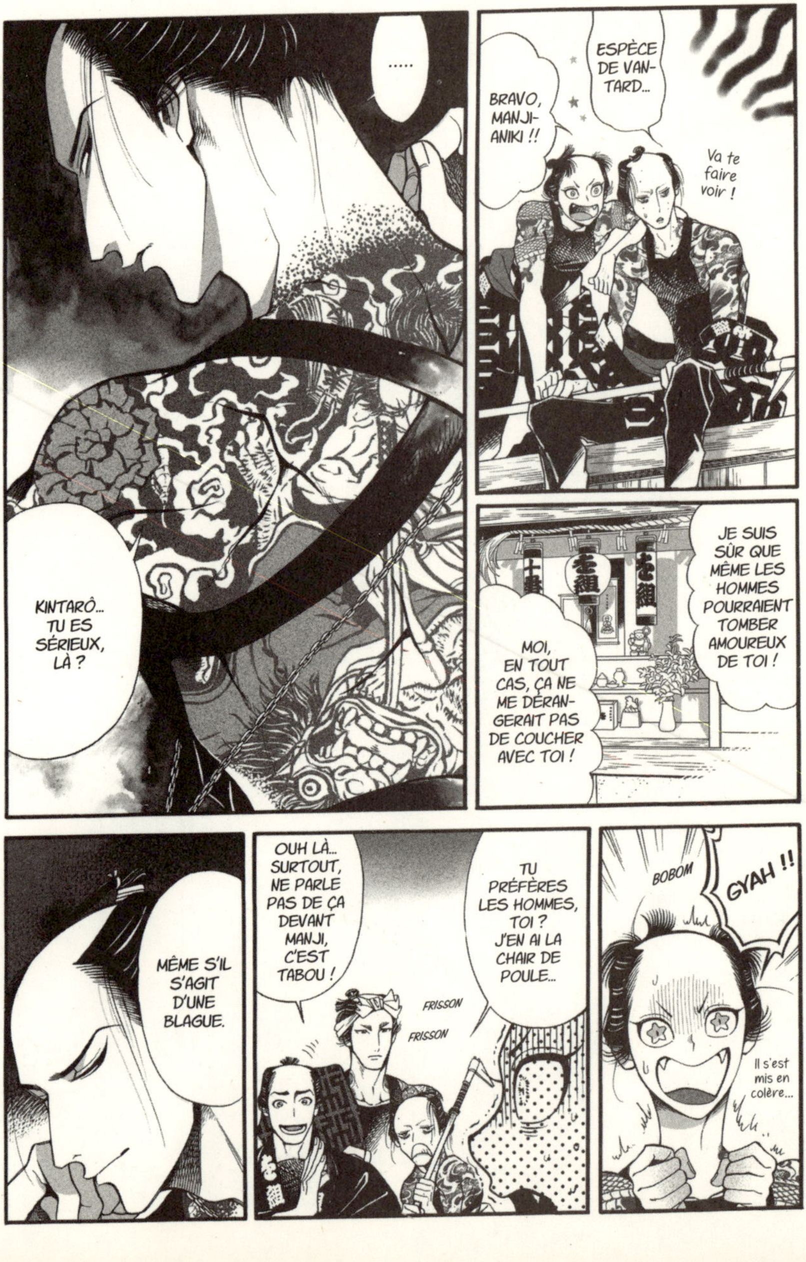

ESPÈCE DE VANTARD...
BRAVO, MANJI-ANIKI !!
Va te faire voir !
JE SUIS SÛR QUE MÊME LES HOMMES POURRAIENT TOMBER AMOUREUX DE TOI !
MOI, EN TOUT CAS, ÇA NE ME DÉRANGERAIT PAS DE COUCHER AVEC TOI !
.....
KINTARÔ... TU ES SÉRIEUX, LÀ ?
BOBOM
GYAH !!
Il s'est mis en colère...
TU PRÉFÈRES LES HOMMES, TOI ? J'EN AI LA CHAIR DE POULE...
FRISSON
FRISSON
OUH LÀ... SURTOUT, NE PARLE PAS DE ÇA DEVANT MANJI, C'EST TABOU !
MÊME S'IL S'AGIT D'UNE BLAGUE.

MANJI DÉTESTE LES HOMMES QUI COUCHENT ENTRE EUX.
MAIS BON, ON N'EST PAS DES MOINES !
PARFOIS, LES BEAUX GARÇONS NOUS FONT ENVIE AUSSI...
AH !
ANIKI !
JE SUIS DÉSOLÉ...
À PLUS TARD.
C'était juste...
Une blague.
Une blague...

Si je me jette à corps perdu dans la lutte contre le feu...
C'est pour oublier le désir physique...
que je ressens pour mon oncle.
Je n'ai pas envie de coucher avec un jeune prostitué...
Avec qui est-ce que je pourrais assouvir ces désirs ?
J'ai lu dans un livre que l'homosexualité avait été à la mode pendant des centaines d'années...
Moi, je ressens un amour si féroce que je donnerais avec joie ma vie pour lui, mais...
D'habitude, ce sont les plus jeunes qui se font prendre par les plus vieux.
JE DÉTESTE QUAND TOUT EST DÉCIDÉ D'AVANCE COMME ÇA...
Moi...
Je veux être celui qui prend l'autre.
Je veux être celui qui prend soin...
de l'homme que j'aime.

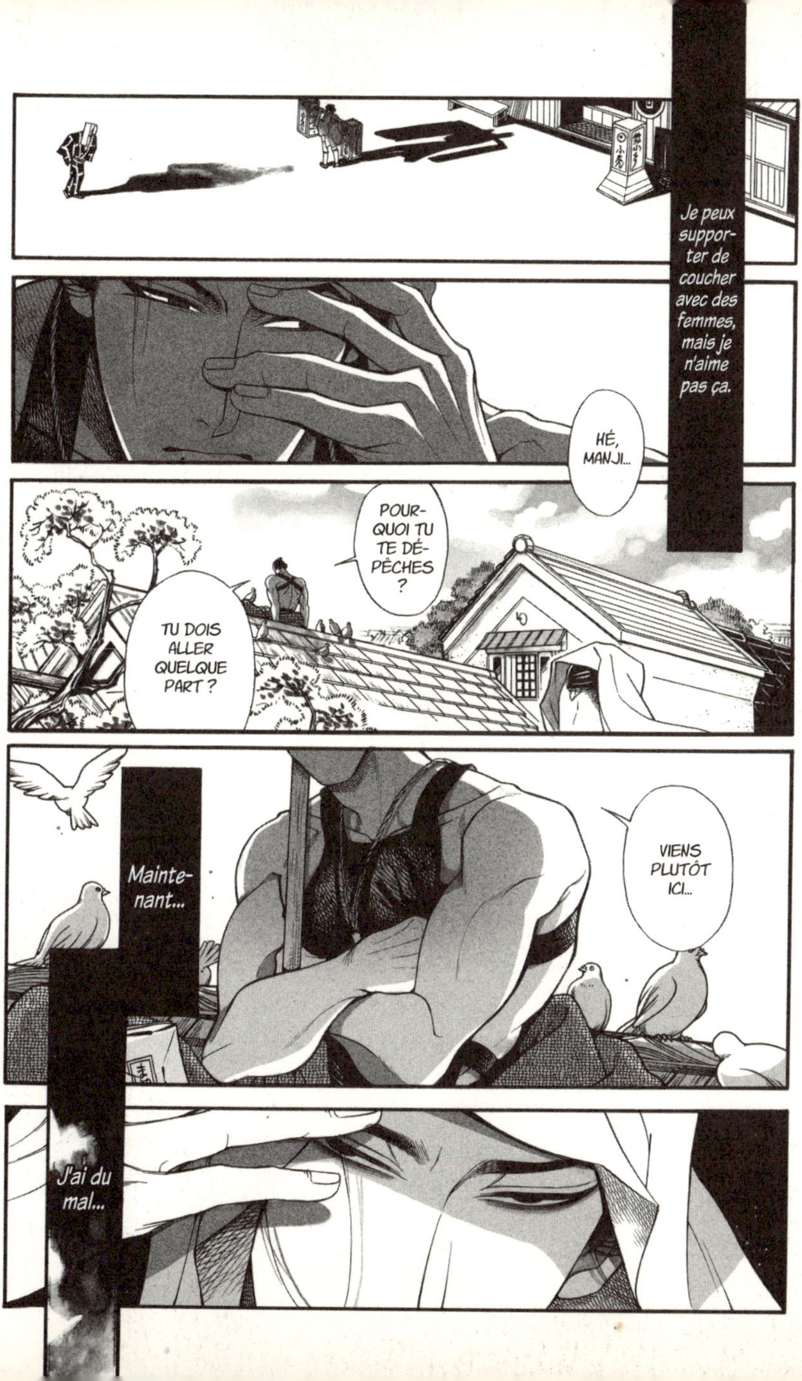
Je peux suppor-ter de coucher avec des femmes, mais je n'aime pas ça.
HÉ, MANJI...
POUR-QUOI TU TE DÉ-PÊCHES ?
TU DOIS ALLER QUELQUE PART ?
VIENS PLUTÔT ICI...
Mainte-nant...
J'ai du mal...

À cacher ce que je ressens.
TAP
SEN...
FLAP
ET TOI, ALORS, QU'EST-CE QUE TU FAIS ?
JE PRENDS LE SOLEIL...
CUI
CUI
L'HOMME EST UN ANIMAL...
IL TIRE SON POUVOIR DU FEU, DE L'EAU, DE LA TERRE ET DE L'AIR.
FLAP
TU VIENS DE PENSER QUE C'ÉTAIT RIDICULE, HEIN ?
....
MOI, CE QUE JE TROUVE RIDICULE, C'EST TOUS CES IDIOTS QUI NE PENSENT QU'À COPULER.

SUR LE TOIT, J'AI L'IMPRESSION D'ÊTRE PLUS PROCHE DU CIEL.
.....
SEN... POURQUOI TU FAIS CE MÉTIER ?
GNAP...
POURQUOI TU DEMANDES ÇA ?
FLAP
FLAP
FLAP

SI TU NE TE MÊLES PAS AUX AUTRES, C'EST BÊTE...
OUI... MAIS ILS FONT TROP DE BRUIT, LÀ-BAS, ILS M'ÉNERVENT.
REGARDE, PENDANT TON ABSENCE, J'AI BLESSÉ PRESQUE GRAVEMENT 4 PERSONNES.
NYARK...
!
PAF
J'AI ARRÊTÉ QUAND LE CHEF EST PASSÉ, MAIS IL M'A VU.
AÏE !!
PAF
PAF
PAF
IL A DIT QUE JE N'AVAIS PAS INTÉRÊT À RECOMMENCER...
Descends de là, pour voir !
Espèce d'idiot !
FLAP
ET POURTANT, AU TRAVAIL...
TU ES OBÉIS-SANT.
CLAC

[*Tous les mots étoilés se prononcent «shi»]

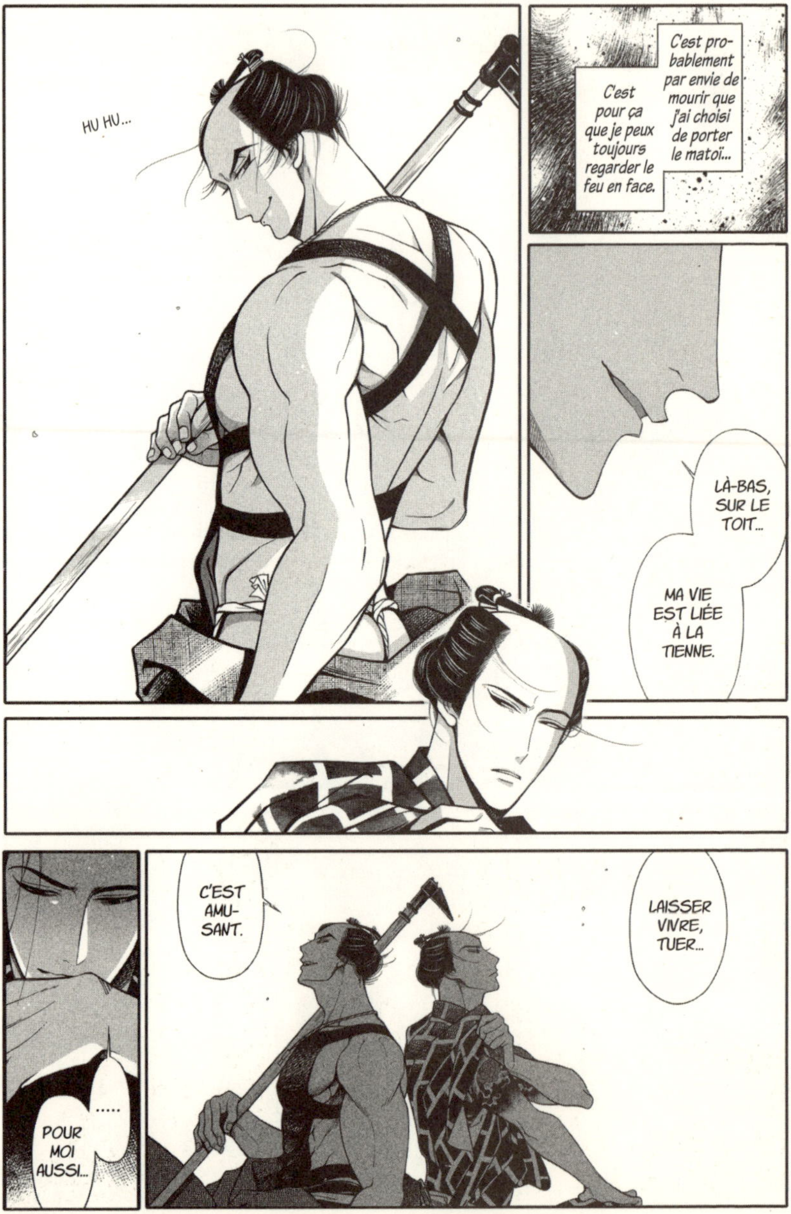
C'est probablement par envie de mourir que j'ai choisi de porter le matoï...
C'est pour ça que je peux toujours regarder le feu en face.
HU HU...
LÀ-BAS, SUR LE TOIT...
MA VIE EST LIÉE À LA TIENNE.
LAISSER VIVRE, TUER...
C'EST AMUSANT.
......
POUR MOI AUSSI...

FLAP
揚弓
MANJI, TON TATOUAGE DANS LE DOS...
IL EST BEAU, MAIS ÇA NE T'A PAS FAIT TROP MAL ?
NON.
HÉ HÉ... QUEL COURAGE.
J'AI QUELQUE CHOSE D'IMPOR-TANT GRAVÉ DANS LA PEAU.
C'EST ÇA QUI COMPTE LE PLUS.
MÊME SI LE TATOUEUR N'A PAS FAIT CE QUE JE LUI AVAIS DEMANDÉ...
QU'EST-CE QUE TU VOULAIS FAIRE TATOUER ?
LE VISAGE DE LA PERSONNE QUE TU AIMES?
ROULE
ROULE
CLAC...

HEIN ?
FUIP
UN BEAU TATOUAGE SUR UN BEL HOMME...
C'EST UNE CHOSE MAGNIFIQUE.
FUIP
ARRÊTE DE DIRE ÇA...
TU ME FILES LA CHAIR DE POULE.
HAA...
HAA...
SEN...
OÙ EST TON TATOUAGE, À TOI ?
PUISQU'ON SE PROTÈGE MUTUELLE-MENT...
J'IMAGINE QUE JE PEUX TE LE MONTRER.

MANJI...
AVOUE...
SLURP...
TU N'OSES PAS ME SÉDUIRE FRANCHEMENT, HEIN ?
C'EST SI GRAVE QUE ÇA ?
HA HA HA !
TU AIMES LES HOMMES, PAS VRAI ?
TU EXSUDES LE DÉSIR.
FUIP
CLAC
SI TU VEUX COUCHER AVEC MOI, IL SUFFIT DE LE DIRE.

DÉSHABILLE-MOI.
FUIP
SI JE NE SUIS PAS EN ÉRECTION...
TU NE VERRAS PAS MON TATOUAGE.
TU COMPRENDS ?
BOBOM
BOBOM
BOBOM
Ce que je comprenais,
c'est que j'avais la gorge sèche.
GLOUPS...
BOBOM

Même si ça n'avait pas été Sen,
j'aurais probablement dit oui.
GEH !
Je voulais juste...
savoir ce que ça faisait d'être avec un homme...
GRI

GH...
MON COU...
En plongeant...
dans cette histoire d'amour éphémère...
Je me suis sali les mains...

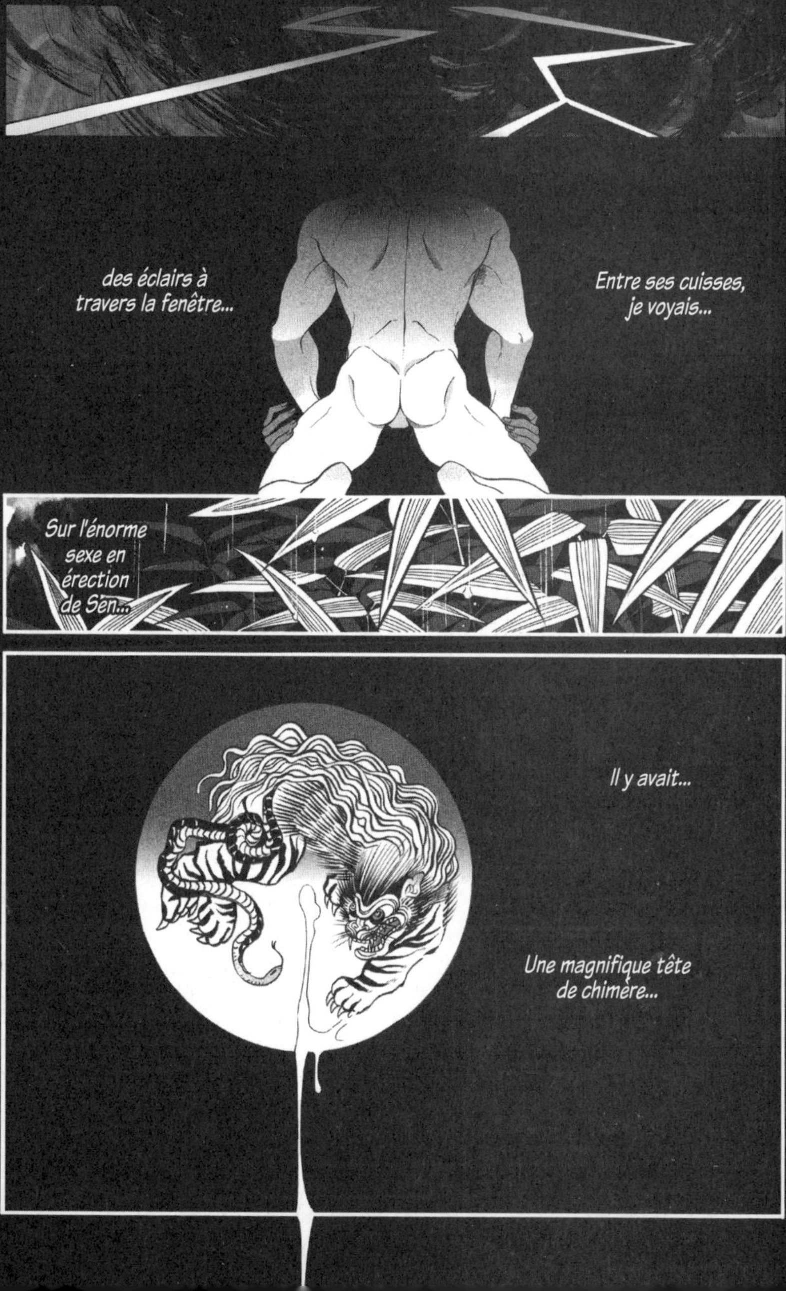

Entre ses cuisses,
je voyais...
des éclairs à
travers la fenêtre...
Sur l'énorme
sexe en
érection
de Sen...
Il y avait...
Une magnifique tête
de chimère...

CHAPITRE 16 / DÉPRESSION

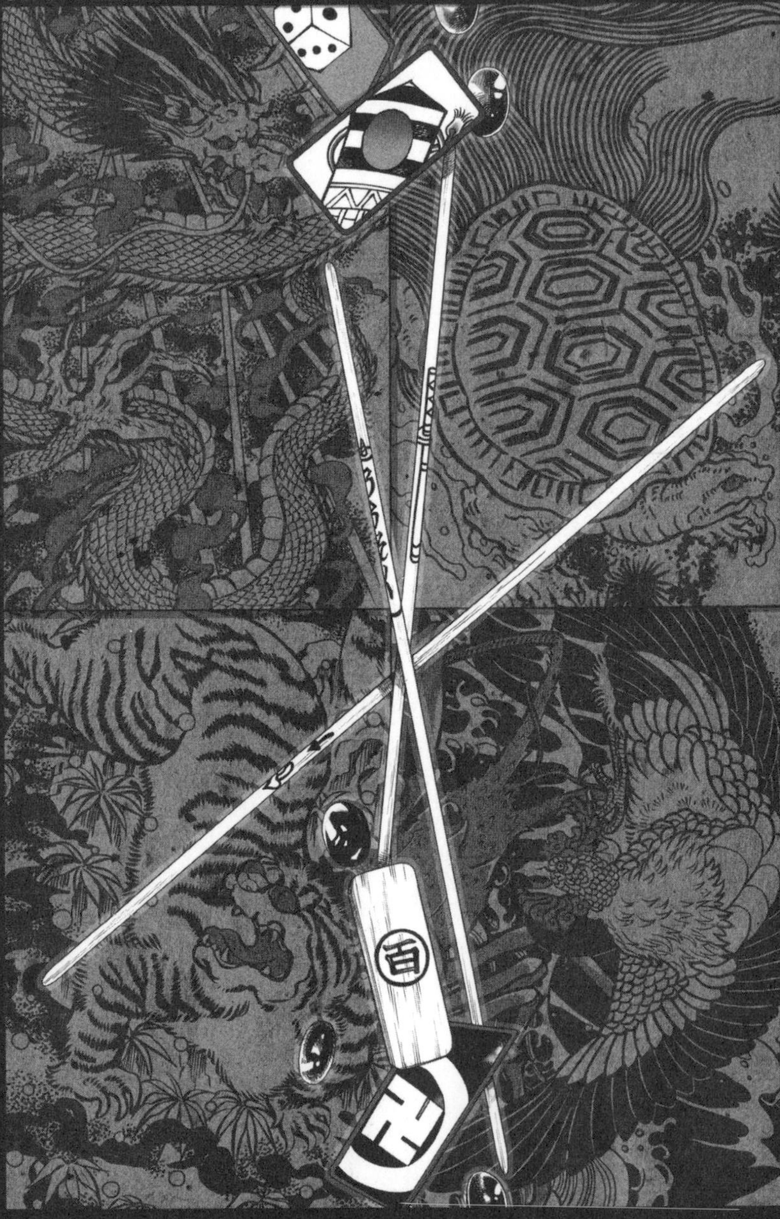

MANJI-ANIKI NE FAIT QUE TRAÎNER AVEC SEN-ANIKI CES DERNIERS TEMPS !
Ça pique...
IL EST PLUS JAMAIS AVEC NOUS...
QUI SE RES-SEMBLE S'AS-SEMBLE...
ILS ME FONT HONTE...
DEUX MEMBRES ÉMINENTS DU GROUPE, QUI N'AIMENT NI BOIRE, NI SE BATTRE, NI JOUER AUX JEUX D'ARGENT...
TCHAC
GYAAAAAH !! ÇA FAIT MAAAAL !!
CLAC ガラ
CLAC ガラ
.....
C'EST NUL...
QU'EST-CE QUI T'ARRIVE, TSUNA ?
AH, VOILÀ
HÉ, VOUS SAVEZ, CE QU'ON A TOUJOURS VOULU DEMANDER À MANJI ?
TCHAC
TCHAC
TCHAC
À PROPOS DU TATOUAGE DU MAÎTRE...
OUI, CELUI QU'IL NE VEUT PAS NOUS MON-TRER...
LE TATOUAGE DE MAÎTRE IWAI...

[*Minamoto no Yorimitsu (948-1021), guerrier de l'ère Heian au service du clan Fujiwara connu pour ses exploits militaires, il est généralement accompagné par ses quatre compagnons appelés les Shitennô (les quatre rois gardiens), terme emprunté aux Quatre Rois Célestes du Bouddhisme pour désigner un groupe de quatre fidèles compagnons.]

[*Les quatre bêtes divines : quatre créatures mythologiques, le dragon d'azur, le tigre blanc, l'oiseau écarlate et la tortue noire, représentant les éléments]

[*Selon la légende, l'ogre Shutendôji a été tué par Minamoto no Yorimitsu et ses Shitennô. Ceux-ci l'ont endormi avec du saké, puis Minamoto lui a coupé la tête, mais celle-ci, encore vivante, a essayé de le mordre. Minamoto s'est protégé avec les casques de ses compagnons et a ramené la tête à Kyôto].

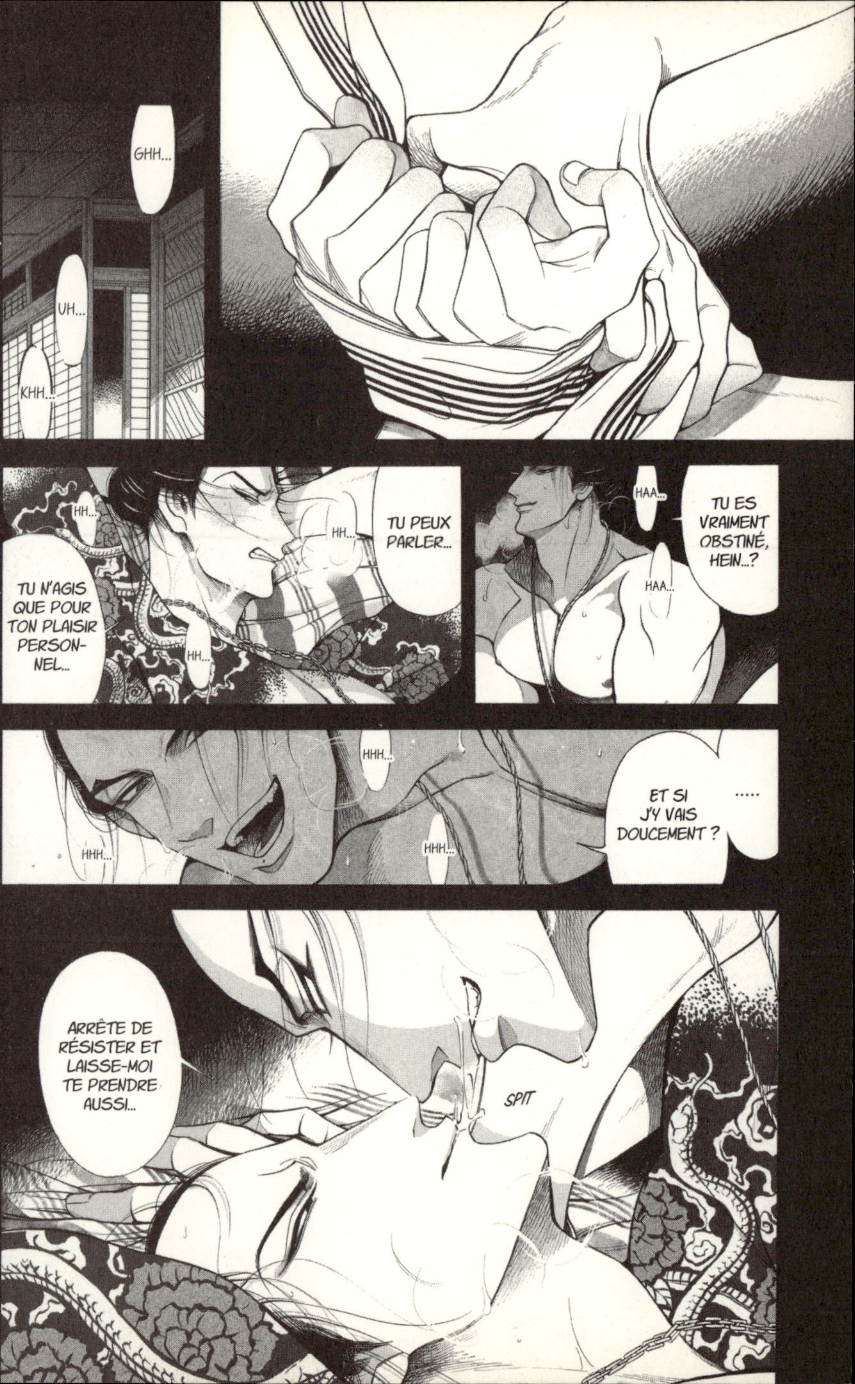
GHH...
UH...
KHH...
HAA...
TU ES VRAIMENT OBSTINÉ, HEIN...?
HAA...
TU PEUX PARLER...
HH...
HH...
TU N'AGIS QUE POUR TON PLAISIR PERSON-NEL...
HH...
.....
ET SI J'Y VAIS DOUCEMENT ?
HHH...
HHH...
HHH...
ARRÊTE DE RÉSISTER ET LAISSE-MOI TE PRENDRE AUSSI...
SPIT

[*Dans un couple homosexuel, nenja = le plus âgé et wakashu = le plus jeune, qui apprend de son aîné. On appelle ce genre de pratique homosexuelle le «shudô»]

PLIC
SEN...
QUAND EST-CE QUE TU ME TUES ?
PLIC
PLIC
PLIC
.....
HAA...
JE SUIS DÉJÀ EN TRAIN DE TE TUER.
PLIC
PLIC
PLIC
CES FESSES...
SERRE
Quelle torture de ne pas pouvoir le pénétrer...
FUIP
FUIP
PLIC
FUIP

ARRÊTE DE ME CARESSER.
!
JE N'AIME PAS QUAND TU ES AFFECTUEUX.
PLIC
PLIC
PLIC
......
Finalement...
Être pris par un autre homme...
CLAC
Ce n'est pas ce que j'imaginais.

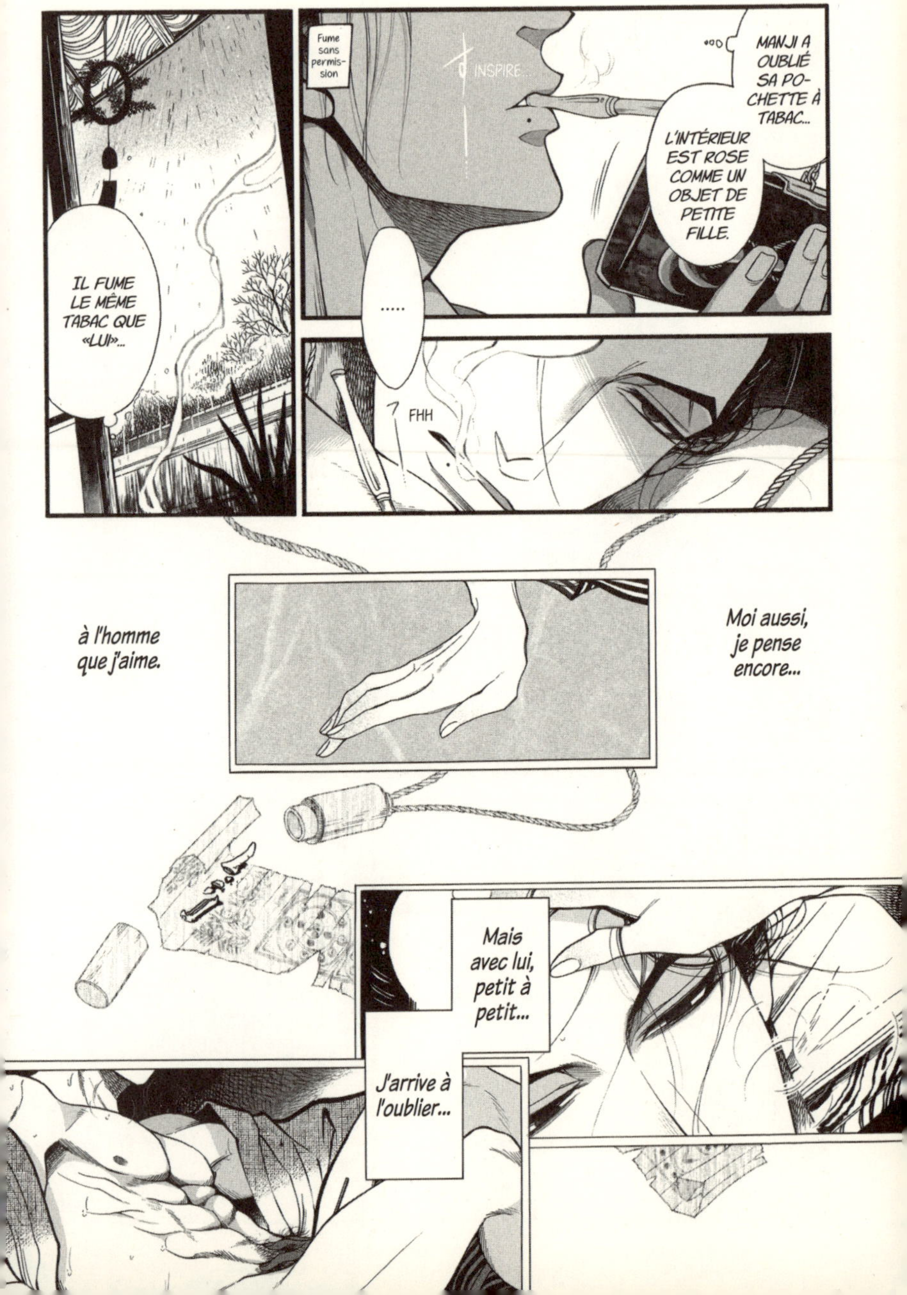
Fume sans permission
INSPIRE...
MANJI A OUBLIÉ SA POCHETTE À TABAC...
L'INTÉRIEUR EST ROSE COMME UN OBJET DE PETITE FILLE.
IL FUME LE MÊME TABAC QUE «LUI»...
.....
FHH
Moi aussi, je pense encore...
à l'homme que j'aime.
Mais avec lui, petit à petit...
J'arrive à l'oublier...

De toute façon, c'est fini entre nous.
EH !
YO-MOKICHI, J'AI BESOIN DE TON AIDE.
AH !
MANJI !
APPELLE-MOI «MANJI-ANIKI» !
ANIKI...
JE DOIS NETTOYER LES GOUTTIÈRES DE LA VILLE AUJOURD'HUI...
Ah ! Il est trempé !
.....
DANS CE CAS, TU VAS PEUT-ÊTRE VOULOIR UTILISER L'ÉCHELLE DU GROUPE POUR TES RÉPARATIONS NON ?
AH ! AU FAIT ! J'AI UN MESSAGE...
MH ?
CE SOIR,
LES SHITEN-NÔ DU GROUPE VONT...

«LE POISON DIVIN DU DÉMON» ?
QUEL DRÔLE DE NOM POUR UN ALCOOL...
LA FAMILLE DE SUEKICHI POSSÈDE UN MAGASIN D'ALCOOL, ALORS ON VOULAIT LE PARTAGER AVEC VOUS, MAÎTRE...
BROUHAHA
BROUHAHA
BROUHAHA
HÉ HÉ... JE ME DISAIS BIEN QUE C'ÉTAIT BIZARRE QUE VOUS M'INVITIEZ À BOIRE UN VERRE.
MMH... C'EST DÉLICIEUX !

HÉ, SADAKURÔ, TU AS TERMINÉ LE TATOUAGE DANS TON DOS ?
OUI, GRÂCE À L'ARGENT QUE VOUS M'AVEZ DONNÉ, MAÎTRE...
HÉ HÉ...
C'EST BIEN, C'EST BIEN !
TU ES UN HOMME, À PRÉSENT !
SI JAMAIS VOUS AVEZ UN JOUR DES PROBLÈMES FINANCIERS, VOUS AUREZ PEUT-ÊTRE ENVIE DE VOUS TOURNER VERS LES JEUX D'ARGENT...
AU LIEU D'EN ARRIVER À CETTE EXTRÉMITÉ,
VENEZ PLUTÔT ME DEMANDER DE L'AIDE.
VOUS AVEZ TOUS L'AIR D'ALLER BIEN...
FIIIXE...
ON FERA VENIR DES GEISHAS TOUT À L'HEURE.
OUAIIIS !!
ARGENT

CLING...
SLURP

.....
SI C'ÉTAIT POUR BOUDER, CE N'ÉTAIT PAS LA PEINE DE VENIR,
MANJI.
JE SAIS QUE TU N'AS PAS ENVIE DE VOIR MON VISAGE...
ÇA VEUT DIRE QUOI, CE REGARD ?
JE T'AI TRAITÉ AVEC AFFECTION...
JE T'AI ÉLEVÉ DU MIEUX QUE JE POUVAIS, MAIS...

PLIC
PLIC
.....
PLIC
VOUS NE M'AIMEZ PLUS, MON ONCLE ?
JE NE SUIS PAS VENU POUR ÉCOUTER VOS SERMONS.
JE SUIS VENU PARCE QUE MES AMIS M'ONT INVITÉ.
?
GLOUPS
M...
MANJI !
JE SAVAIS QUE TU ÉVITAIS LE MAÎTRE, MAIS...
IL EST COMME TON PÈRE D'ADOPTION !
POURQUOI NE PAS PROFITER DE CETTE OCCASION POUR TE RÉCONCILIER AVEC LUI ?
J'AURAIS DÛ TE DÉBARRASSER DE TON MAUVAIS CARACTÈRE
QUAND TU ÉTAIS ENCORE JEUNE ET MALLÉABLE...
MAIS J'AI FAIT UN SERMENT AUQUEL JE SUIS TOUJOURS TENU.
ENCORE À PRÉSENT,
JE TE CONSIDÈRE COMME L'UN DE MES FILS.

TU ES MON TROISIÈME FILS, TU NE POURRAS PAS REPRENDRE MON MÉTIER...
MAIS JE VOUDRAIS QUE TU REPRENNES L'UN DES MAGASINS QUI NOUS APPARTENAIENT, À TON PÈRE ET MOI.
PARCE QUE JE T'AIME.
QUI AURAIT ENVIE DE CE GENRE DE CHOSE ?
MAIS ÇA, DE TOUTE VOTRE VIE...
VOUS NE LE COMPRENDREZ JAMAIS.
JE FINIS MA PIPE ET JE RENTRE CHEZ MOI.
QU'EST-CE QUE TU RACONTES, MON FRÈRE...
JE NE VEUX PAS VOUS DÉRANGER PENDANT QUE VOUS BUVEZ.
D'AILLEURS, IL EST BON, VOTRE «POISON DIVIN DU DÉMON»...
HEIN ?!
COMMENT TU SAIS QUEL GOÛT IL A ?!

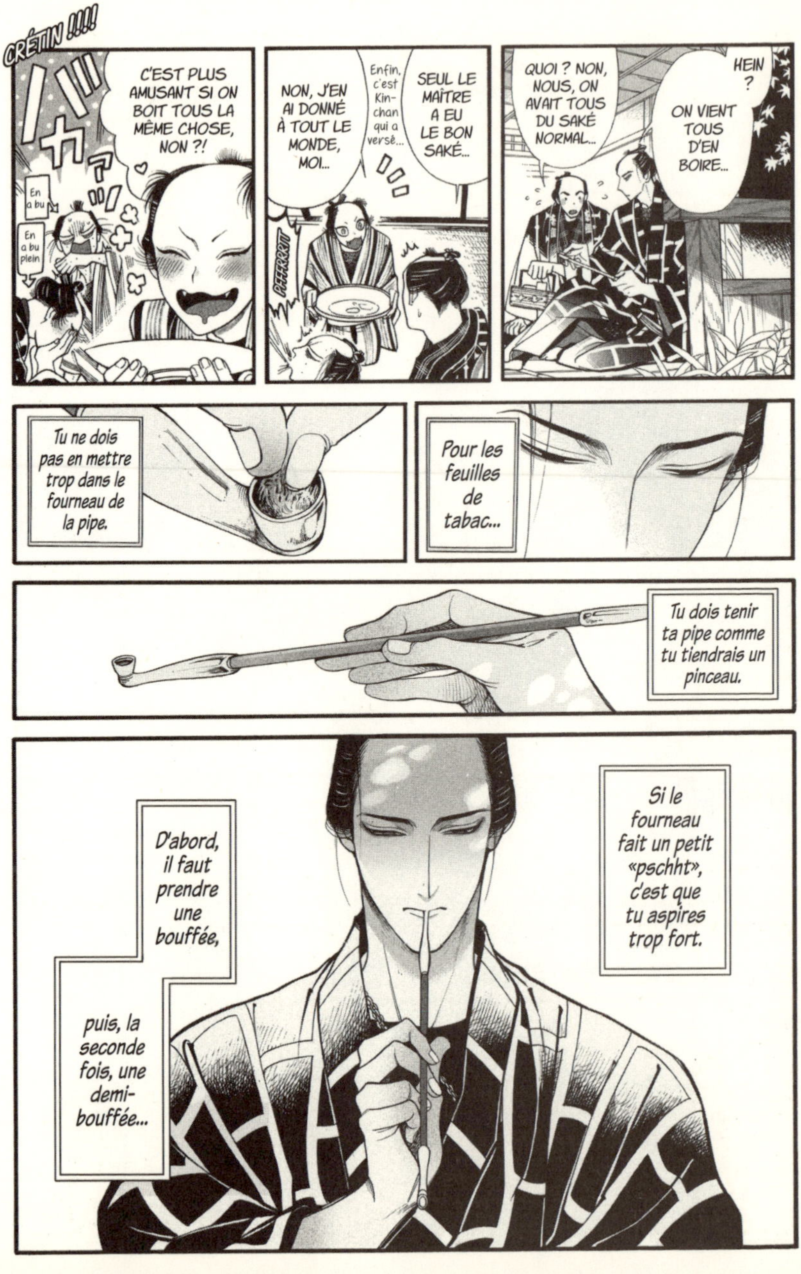
HEIN ?
ON VIENT TOUS D'EN BOIRE...
QUOI ? NON, NOUS, ON AVAIT TOUS DU SAKÉ NORMAL...
SEUL LE MAÎTRE A EU LE BON SAKÉ...
Enfin, c'est Kin-chan qui a versé...
NON, J'EN AI DONNÉ À TOUT LE MONDE, MOI...
PFFFRRRTT
C'EST PLUS AMUSANT SI ON BOIT TOUS LA MÊME CHOSE, NON ?!
En a bu
En a bu plein
CRÉTIN !!!!!
Pour les feuilles de tabac...
Tu ne dois pas en mettre trop dans le fourneau de la pipe.
Tu dois tenir ta pipe comme tu tiendrais un pinceau.
Si le fourneau fait un petit «pschht», c'est que tu aspires trop fort.
D'abord, il faut prendre une bouffée,
puis, la seconde fois, une demi-bouffée...

Quand tu veux jeter les cendres,
Il faut mettre ton doigt près de la tête de la pipe, la retourner et frapper doucement pour qu'elles tombent.
Pour les pipes les moins chères, il faut frapper avec plus de force.
Si on endommage la tête de la pipe, ce n'est pas bien grave, mais...
Il faut éviter d'abîmer la pipe que son fabriquant a créé avec tant de minutie.
Manji, tu es le fils d'un fabricant de pipes...
Alors prends-en soin quand tu les utilises.
Comment avaler la fumée,
Comment aspirer,
Comment se rapprocher des autres en fumant...
Tout ça,
c'est mon oncle qui me l'a appris.

Quand je posais mes lèvres sur la pipe que fumait mon oncle...
Mon cœur...
me faisait mal...

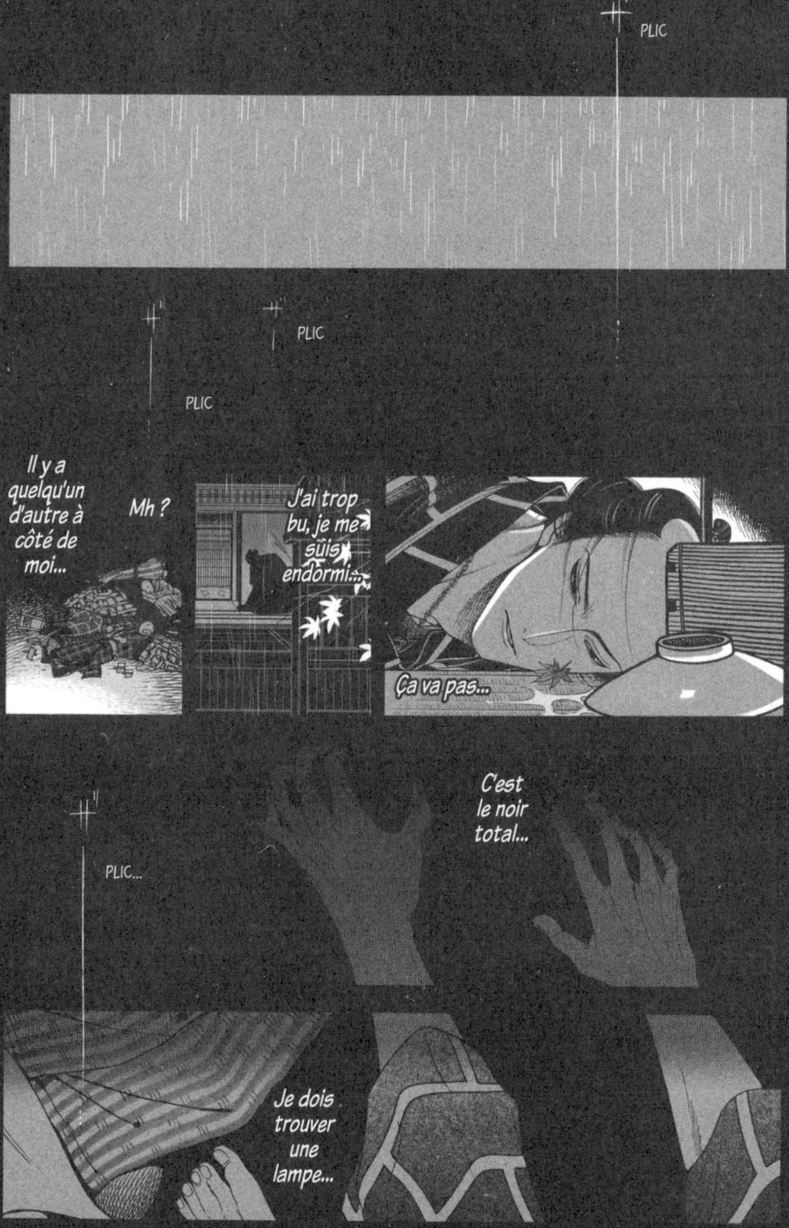
PLIC
PLIC
PLIC
Il y a quelqu'un d'autre à côté de moi...
Mh ?
J'ai trop bu, je me suis endormi...
Ça va pas...
C'est le noir total...
PLIC...
Je dois trouver une lampe...

PLIC...
PLIC...
Mon oncle...
AH !
CLAC
ZZZZ
ZZZZ
HH...
.....
PLIC...
.....
PLIC...
HAA...

FUIP...
BAM
HAA...
HAA...
HAA...
«Succomber à la tentation»...
HAA...
Voilà...
ce que ça veut dire...

.....
Je ne parvenais à penser à rien d'autre.
NH...
FLAP
GRIP
J'avais complètement oublié où je me trouvais.
FLAP
FLAP
FLUIP
AH...
AAAH...
FLUIP
UIP

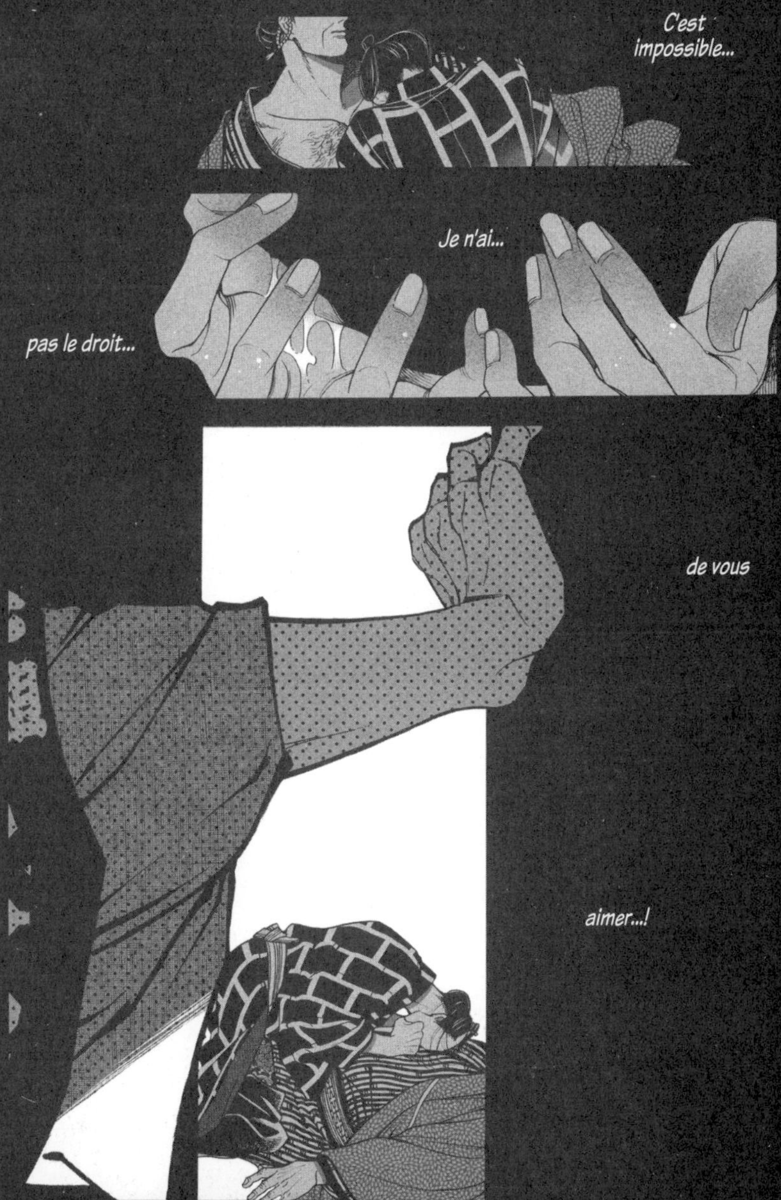
C'est impossible...
Je n'ai...
pas le droit...
de vous
aimer...!

PAF !!
CLAC

SEN...
PLAF
TIENS,
T'AS OUBLIÉ ÇA.
CLAC !
POUR UNE FOIS QUE JE SUIS GENTIL ENVERS QUEL-QU'UN...
VOILÀ CE QUE ÇA DONNE, AU FINAL.

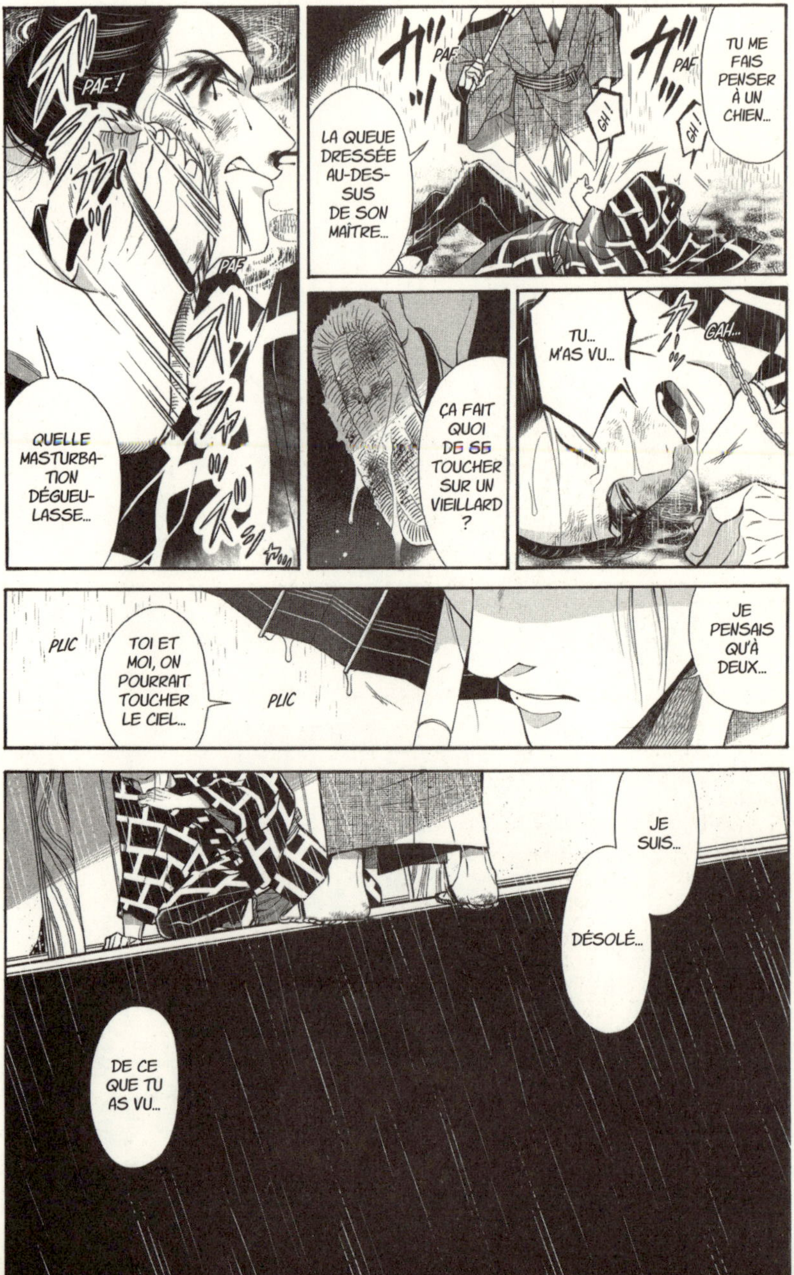
TU ME FAIS PENSER À UN CHIEN...
PAF
GH !
PAF
GH !
LA QUEUE DRESSÉE AU-DES-SUS DE SON MAÎTRE...
GAH...
TU... M'AS VU...
ÇA FAIT QUOI DE SE TOUCHER SUR UN VIEILLARD ?
PAF !
PAF
QUELLE MASTURBA-TION DÉGUEU-LASSE...
JE PENSAIS QU'À DEUX...
PLIC
TOI ET MOI, ON POURRAIT TOUCHER LE CIEL...
PLIC
JE SUIS...
DÉSOLÉ...
DE CE QUE TU AS VU...

PAF !
POURTANT, MANJI, ELLE TE PLAISAIT BIEN, NON ?
LA CHIMÈRE SUR MON PÉNIS...
POUR POUVOIR TATOUER DESSUS...
IL FALLAIT ÊTRE EN ÉRECTION TOUT LE TEMPS.
PAF
CELUI QUI ME L'A TATOUÉ, À L'ÉPOQUE...
JE N'AI JAMAIS EU À LE FRAPPER.
PAF
PAF
PAF
POUR LA PREMIÈRE FOIS...
J'AVAIS ENVIE D'ÊTRE GENTIL ET TENDRE ENVERS QUELQU'UN...
JUSQU'À LA FIN DE NOS JOURS.

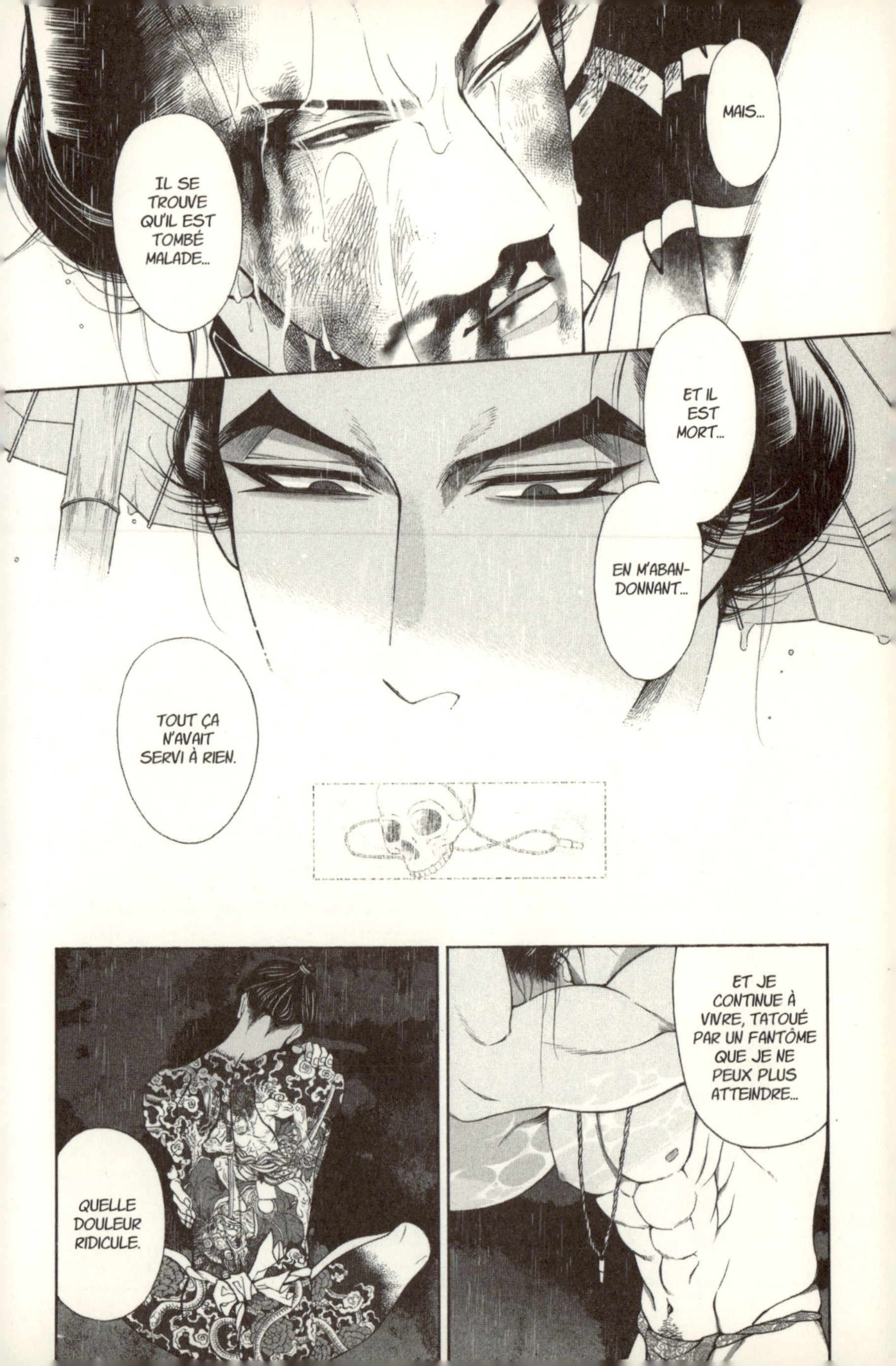
MAIS...
IL SE TROUVE QU'IL EST TOMBÉ MALADE...
ET IL EST MORT...
EN M'ABANDONNANT...
TOUT ÇA N'AVAIT SERVI À RIEN.
ET JE CONTINUE À VIVRE, TATOUÉ PAR UN FANTÔME QUE JE NE PEUX PLUS ATTEINDRE...
QUELLE DOULEUR RIDICULE.

HA !
CETTE «MALÉDICTION»...
TOI AUSSI, TU AS LA MÊME.
LE FARDEAU DE CE TATOUAGE,
NOUS POURSUIVRA TOUTE NOTRE VIE.
TOUS TES DÉSIRS...
VONT FINIR
PAR DISPARAÎTRE.

HÉ,
MANJI...
TU PEUX TE REPOSER SUR MOI.
JE N'AI PAS DE SENTIMENTS POUR TOI,
MAIS SI TOI, TU EN AS POUR MOI,
ÇA NE ME DÉRANGE PAS QUE TU TOMBES AMOUREUX...
ON BRISERA LE MALÉFICE.

.....
JE T'AI DEMANDÉ DE ME TUER...
ET TU AS DIT QUE TU ME TUERAIS.
山鯨御吸物
ENTRE TOI
ET MOI...
ÇA NE POURRA JAMAIS MARCHER.
JE LE SAVAIS DÉJÀ.
DU FOND DU CŒUR, JE VOULAIS ME DÉBARRASSER
DE MES ENVIES SEXUELLES, ET ME RAPPROCHER DE TOI...

JE VOULAIS JUSTE...
ÊTRE HEUREUX...
C'EST MINABLE.
TCHAC

DANS CE CAS,
JE N'AI PAS BESOIN DE TOI.
!?
BAM
TCHAC
TUEUR DE DÉMONS...
FLAP
ON VA JOUER À CE JEU QU'ON ATTENDAIT TANT...
LE JEU DE LA VIE ET DE LA MORT.
SEN...

GRIP
Aah...
GRIP
Cette fois
Je ne
recevrai pas
de traitement
de faveur.

Je n'aime pas faire souffrir pour le plaisir.
Quitte à le faire...
Il faut que ce soit fait en un instant.

SEN...
OUVRE LES CUISSES.
BAM
SI TU VEUX...
QUELQUE CHOSE À TE METTRE DANS LE CUL,
TU N'AS QU'À UTILISER LE MANCHE DE TON CROCHET DE TOBI.

HIII !!
AH...
CLAC
CLAC
HII !!
PLIC
APPELEZ QUELQU'UN À L'AIDE.
SI LE SANG S'ÉCOULE TROP, C'EST DANGEREUX.
TRANSPORTEZ-LE DANS UNE MAISON TOUT EN APPUYANT SUR LA PLAIE POUR STOPPER L'ÉCOULEMENT.

La fumée de la pipe a tué mes poumons.
J'étouffe...
Ma gorge me brûle...

Que ce soit sur les toits
ou au sol...
Peu importe
où je vais...

Je n'arrive
pas
à respirer...

CHAPITRE 17/ JOURS DE JOIE

CUI
ピキキ…
CUI
ピキ…

GRATTE
FUAAAAH...

COQUIL-LAGES...
CUI
CUI
QUI VEUT DES COQUIL-LAGES ?
BAM
TIENS, METS-EN UN DANS LA SOUPE MISO.
PLIC
PLIC
OH, MANJI... TU ES PLUTÔT MATINAL, POUR UNE FOIS.
OÙ EST MOMO-CHAN ?
JE DOIS LAVER UN KIMONO TÂCHÉ DE BOUE.
ENCORE ? QU'EST-CE QUI S'EST PASSÉ ?
BAM
OMOMO S'EST BATTU AVEC UN VOYOU.
ET EN PLUS, IL A GAGNÉ.
HEIN ?!
HEIIIIN ?!

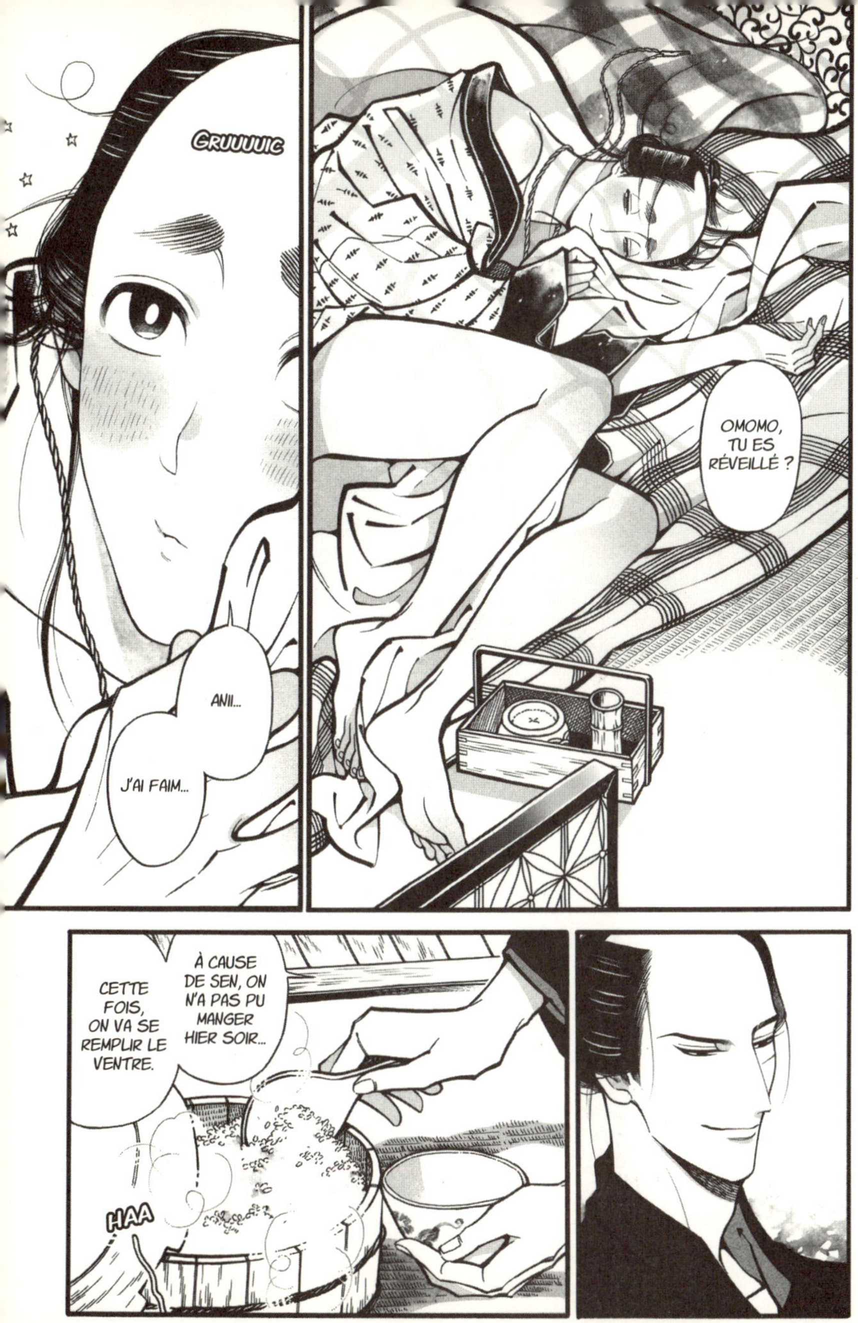
OMOMO, TU ES RÉVEILLÉ ?
GRUUUUIC
ANII...
J'AI FAIM...
À CAUSE DE SEN, ON N'A PAS PU MANGER HIER SOIR...
CETTE FOIS, ON VA SE REMPLIR LE VENTRE.
HAA

J'AI ENVIE DE MANGER DES POUSSES DE BAMBOU ET DE LA PRUNE SALÉE...
IL Y A AUSSI DES LÉGUMES...
MIOM MIOM
ON LES MÉLANGERA AU RIZ ET ON EN FERA NOTRE REPAS DE MIDI.
C'EST BON, LE MÉLANGE SUCRÉ-SALÉ.
.....
.....
DISTRAIT
DISTRAIT
MMH...
OMOMO DOIT ENCORE ÊTRE EN TRAIN DE PENSER À CE QUI S'EST PASSÉ HIER...
A BESOIN DE PRENDRE DES FORCES
MIOM
MIOM
MIOM
TU AS BIEN BOTTÉ LE CUL DE SEN HIER SOIR...
JE PENSE QU'ON PEUT ÊTRE TRANQUILLES, IL NE REVIENDRA PLUS NOUS EMBÊTER.
?
?
?
POURQUOI IL PARLE DE ÇA ?
?
Et puis, c'est lui qui a botté les fesses...

CRUNCH
CRUNCH
CRUNCH
FIIIXE ...
TU NE VAS PAS AU COURS DE CALLIGRAPHIE AUJOURD'HUI ?
ÇA COMMENCE À MIDI...
J'AI ENVIE DE CONTINUER À TE REGARDER.

AH...
ANII...
BOBOM
UUH...
LES SHITENNÔ...
TU N'AS VRAIMENT PLUS ENVIE DE LES REVOIR ?
.....
ILS SAVENT QUE C'EST MOI QUI AI BLESSÉ SEN.
C'ÉTAIT LE MÊME JOUR QUE LEUR PETITE SOIRÉE...
ET JE SUIS LE SEUL À AVOIR QUITTÉ LA PIÈCE PEN-DANT QU'ILS DORMAIENT...
ET LE LENDEMAIN, J'ÉTAIS PLEIN DE BLEUS...
C'ÉTAIT COMME SI JE LES SUPPLIAIS DE DEVINER CE QUI S'ÉTAIT PASSÉ.

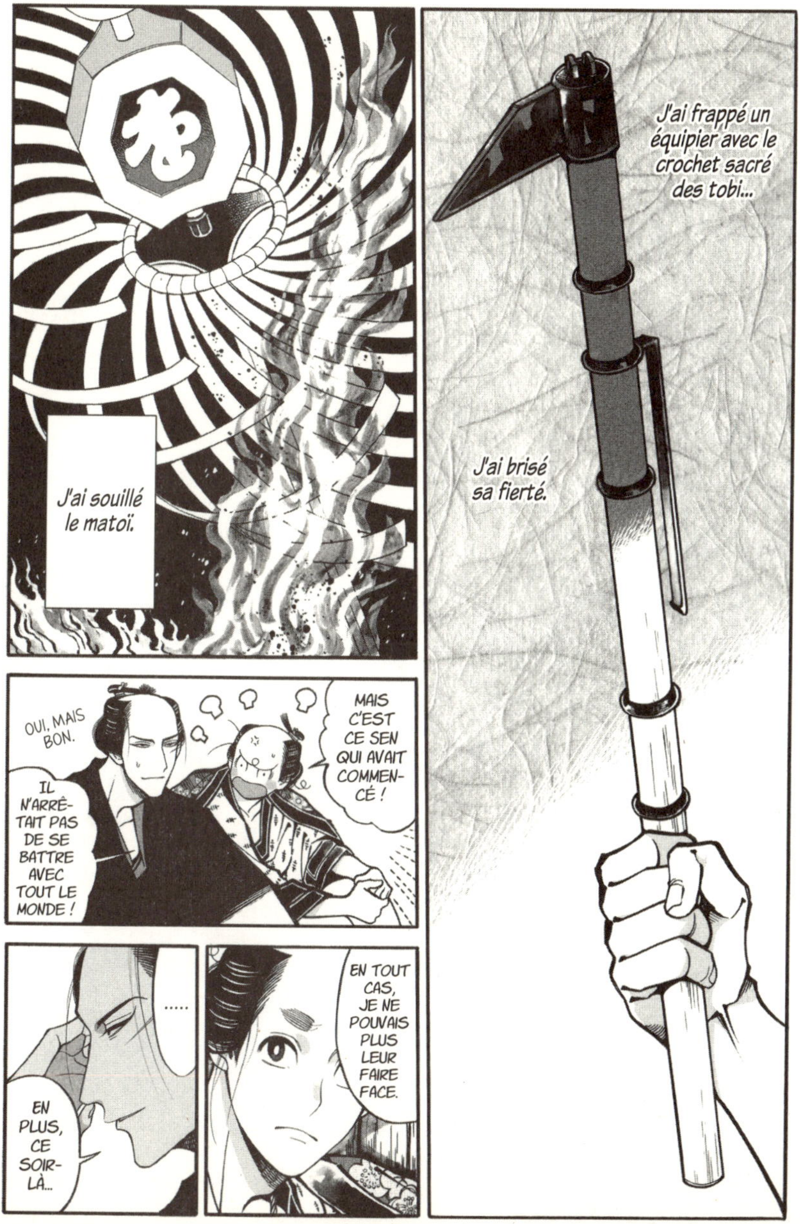
J'ai frappé un équipier avec le crochet sacré des tobi...
J'ai brisé sa fierté.
J'ai souillé le matoï.
MAIS C'EST CE SEN QUI AVAIT COMMENCÉ !
OUI, MAIS BON.
IL N'ARRÊTAIT PAS DE SE BATTRE AVEC TOUT LE MONDE !
EN TOUT CAS, JE NE POUVAIS PLUS LEUR FAIRE FACE.
.....
EN PLUS, CE SOIR-LÀ...

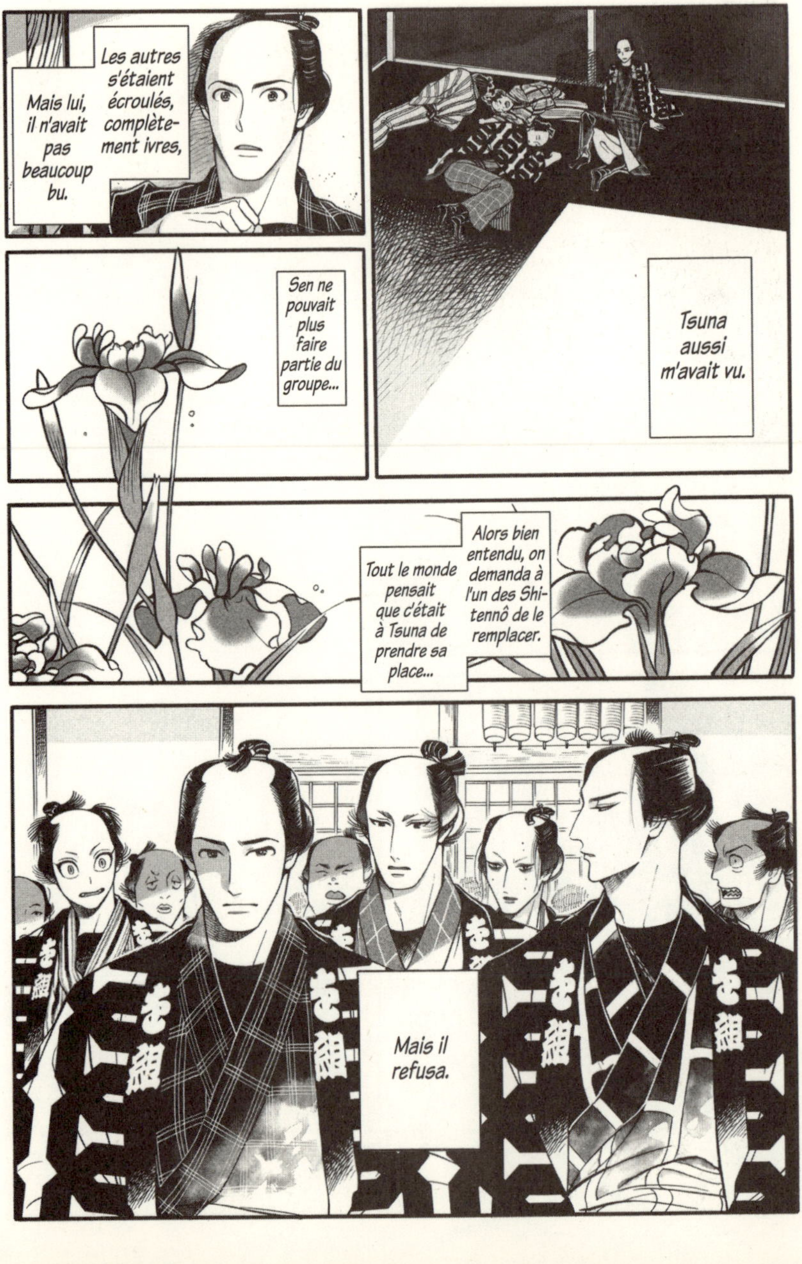
Les autres s'étaient écroulés, complètement ivres,
Mais lui, il n'avait pas beaucoup bu.
Tsuna aussi m'avait vu.
Sen ne pouvait plus faire partie du groupe...
Alors bien entendu, on demanda à l'un des Shitennô de le remplacer.
Tout le monde pensait que c'était à Tsuna de prendre sa place...
Mais il refusa.

J'avais perdu l'estime...
d'un si bon ami...
J'avais honte de moi.
Tsuna n'a dit à personne ...
Ce qui s'était passé, mais...
CRIIII
CRIIII

FUIP
ANII...

MOMO...
AIME TOUT CHEZ TOI...
MÊME TON PASSÉ !
TU AS DONNÉ À MOMO...
TOUT CE QUE TU N'AS JAMAIS DONNÉ À SEN...

ET PUIS, JE DÉTESTE CE SEN !
ET POUR IWAI-SAN, JE L'AIME...
MAIS JE LE DÉTESTE AUSSI...
ET TOI, ANII... TU PARLES DE TOI COMME S'IL S'AGISSAIT DE QUELQU'UN D'AUTRE...
EN VOULANT TE CACHER DES TOBI, TU M'AS ABANDONNÉ...
ET JE DÉTESTE ÇA...
ÇA NE VEUT PAS DIRE QUE JE NE DÉTESTE TOUT ET N'IMPORTE QUOI...
MAIS IL Y A BEAUCOUP DE CHOSES CHEZ TOI QUI M'ÉNERVENT, ANI...
ET POURTANT...
EN MÊME TEMPS, JE SUIS AMOUREUX DE TOI...

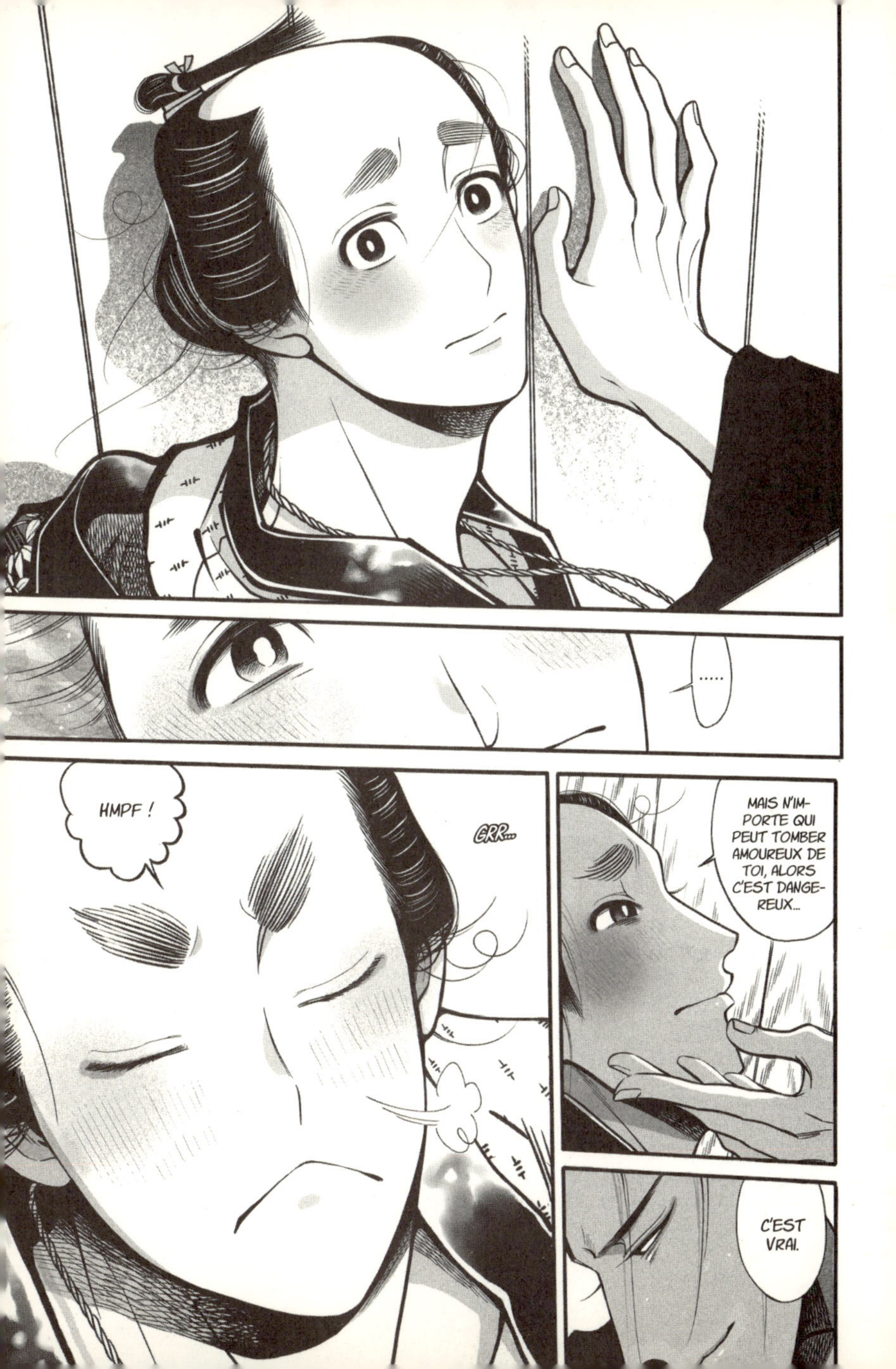
.....
MAIS N'IMPORTE QUI PEUT TOMBER AMOUREUX DE TOI, ALORS C'EST DANGEREUX...
GRR...
HMPF !
C'EST VRAI.

EH BIEN...?
POURQUOI TU FERMES LES YEUX ?
HI HI
SURSAUTE
TU ES VRAIMENT INCOMPRÉHENSIBLE, ANII...
FUIP
AH...
SI TU T'APPROCHES TROP, JE...
UHH...
HMM...

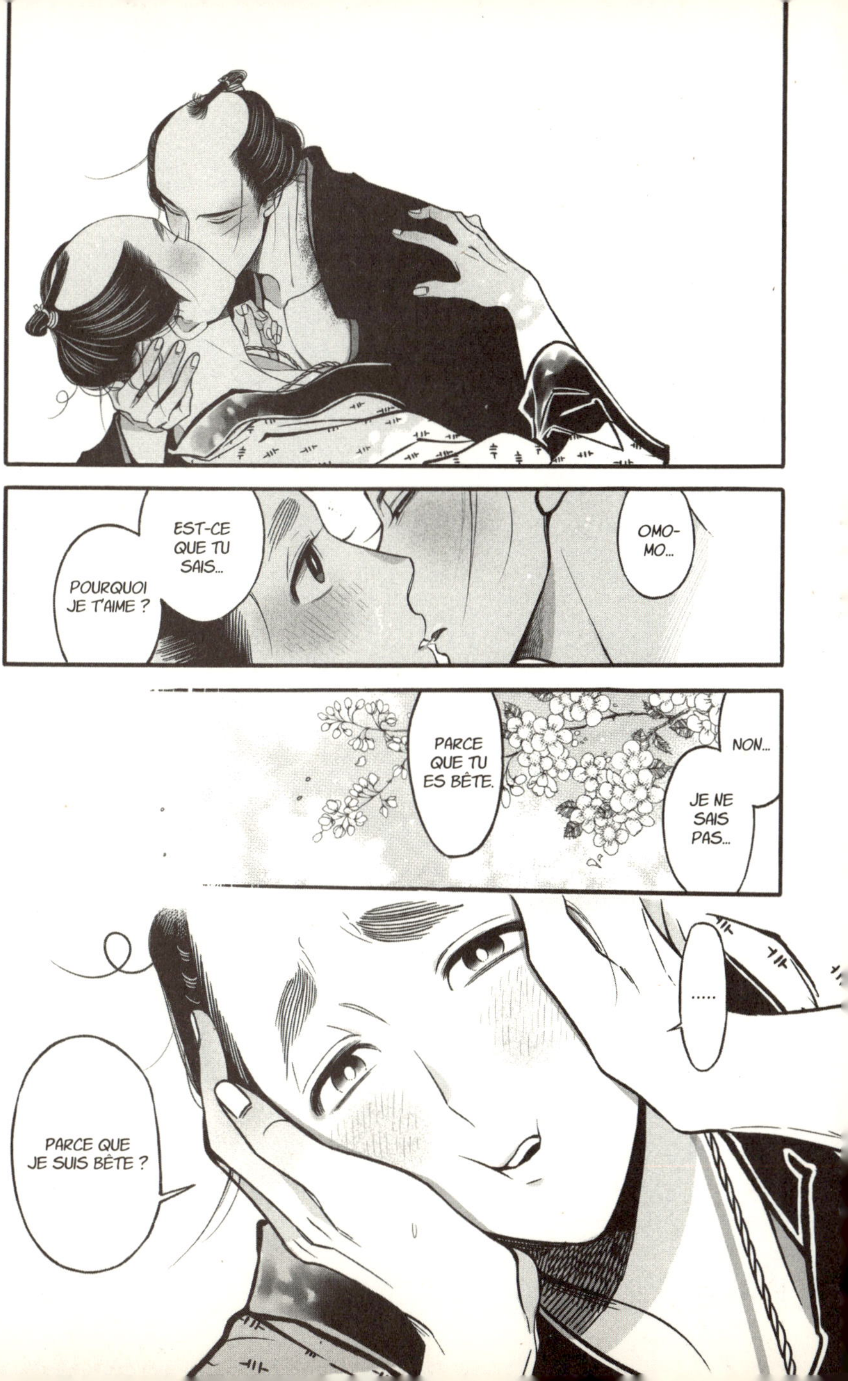
OMOMO...
EST-CE QUE TU SAIS...
POURQUOI JE T'AIME ?
NON...
JE NE SAIS PAS...
PARCE QUE TU ES BÊTE.
.....
PARCE QUE JE SUIS BÊTE ?

TU ES
VRAIMENT BÊTE.

ANII...
WHAM
ANII !

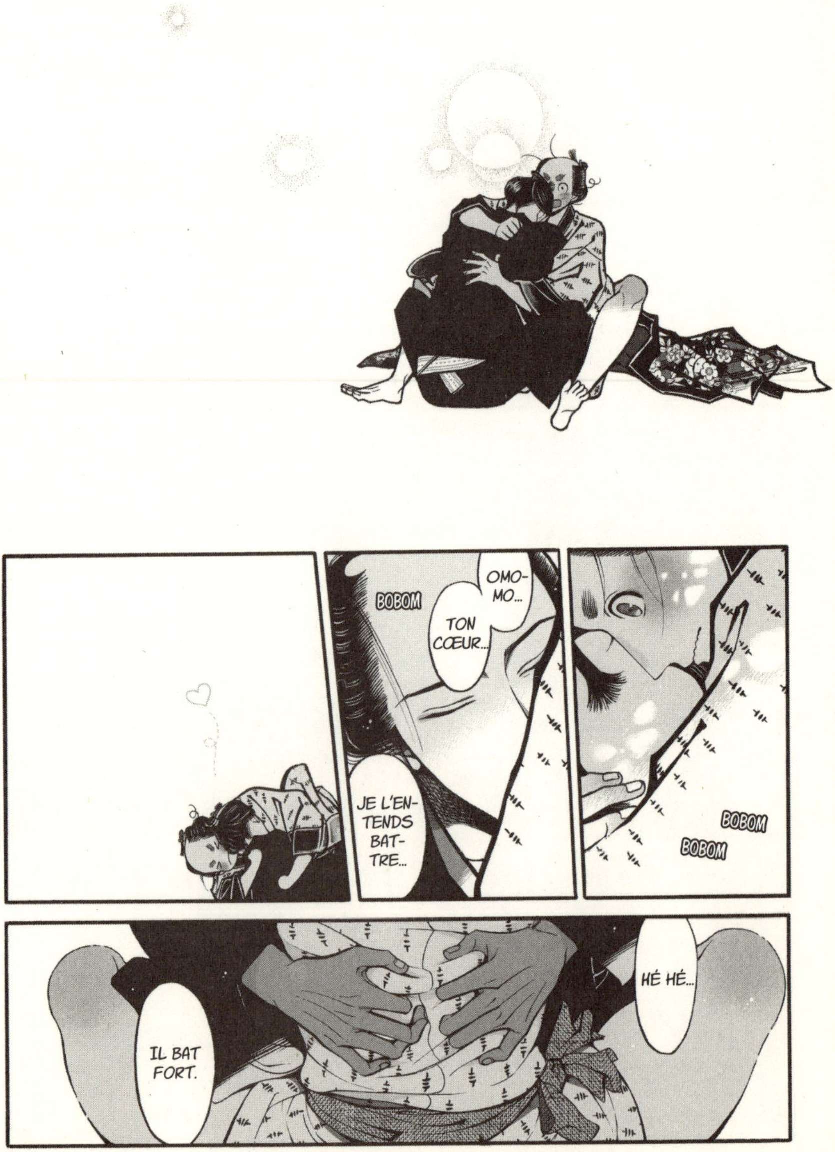
BOBOM
BOBOM
OMOMO...
TON CŒUR...
BOBOM
JE L'ENTENDS BATTRE...
HÉ HÉ...
IL BAT FORT.

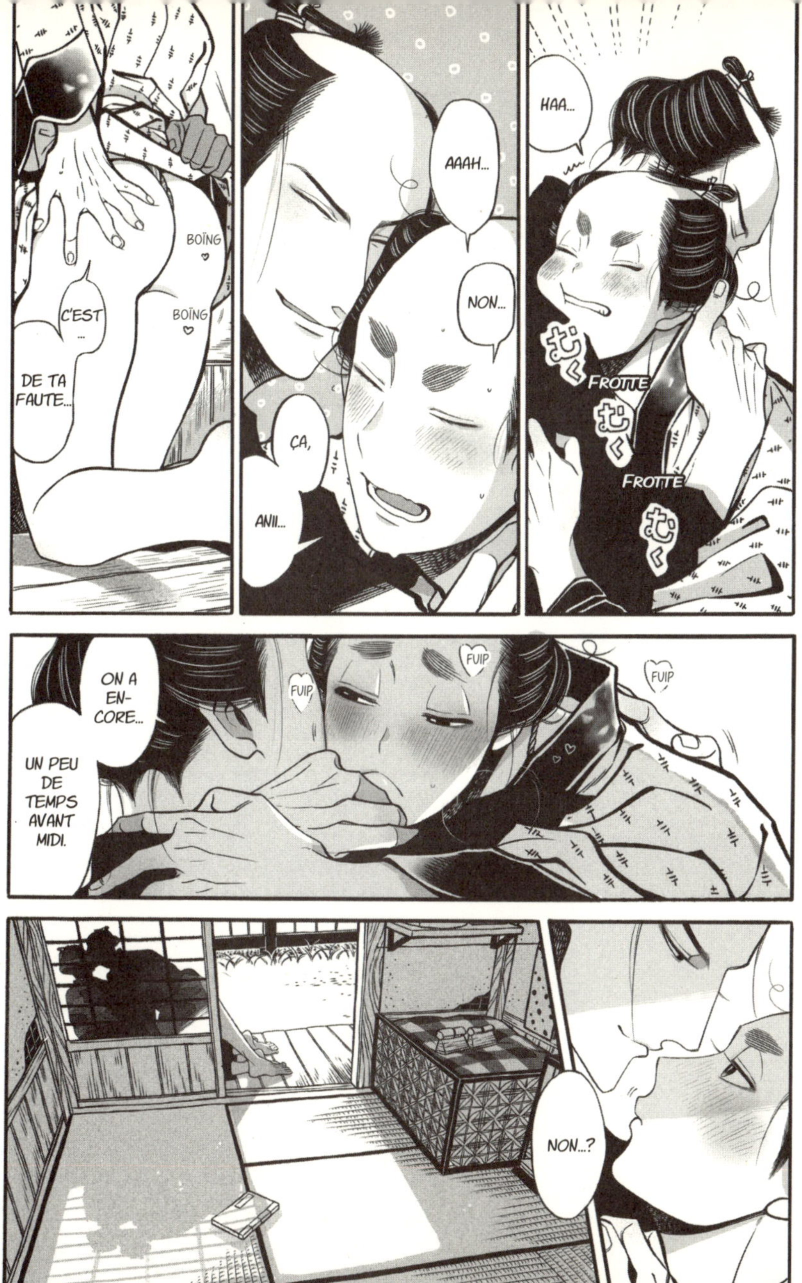
HAA...
むく
FROTTE
むく
FROTTE
むく
AAAH...
NON...
ÇA,
ANII...
BOÏNG ♡
BOÏNG ♡
C'EST ...
DE TA FAUTE...
FUIP
FUIP
FUIP
ON A EN-CORE...
UN PEU DE TEMPS AVANT MIDI.
NON...?

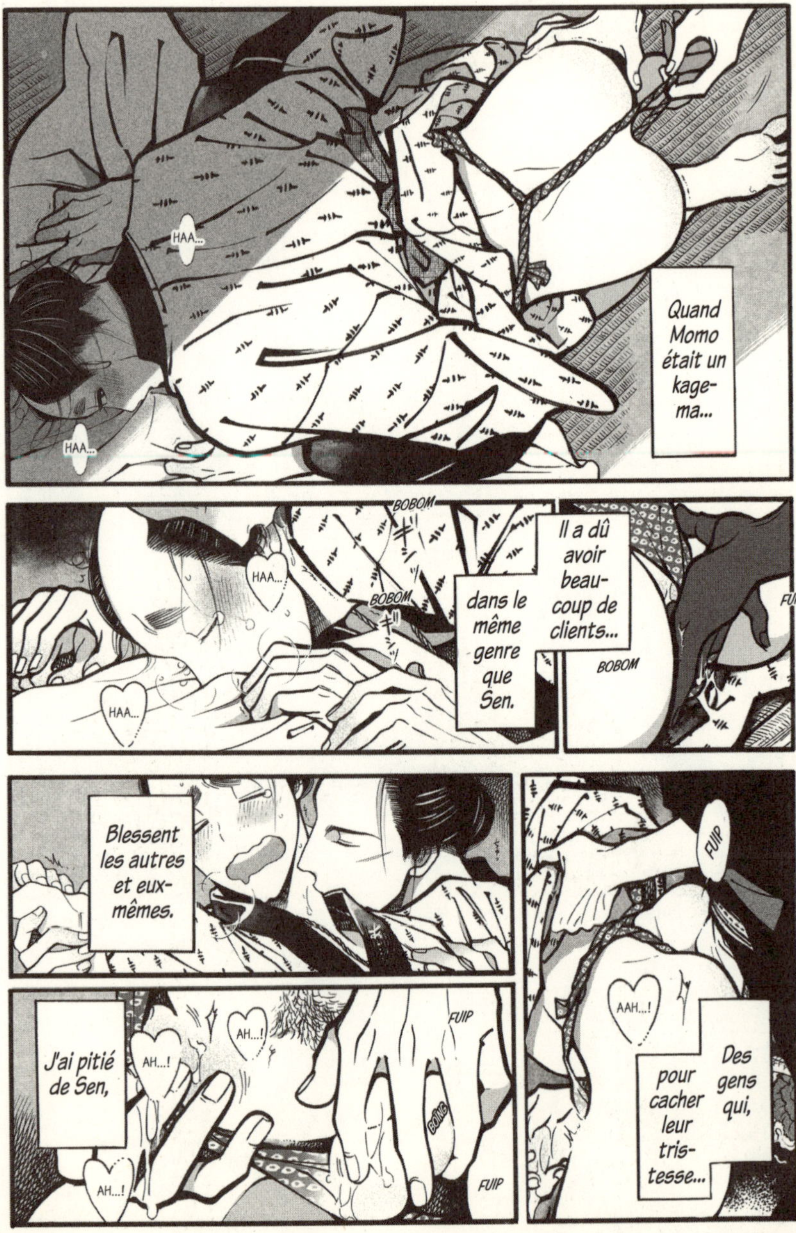
Quand Momo était un kage-ma...
HAA...
HAA...
FUIP...
BOBOM
Il a dû avoir beaucoup de clients...
dans le même genre que Sen.
BOBOM
BOBOM
HAA...
HAA...
FUIP
AAH...!
Des gens qui,
pour cacher leur tristesse...
Blessent les autres et eux-mêmes.
FUIP
AH...!
AH...!
J'ai pitié de Sen,
BOING
FUIP
AH...!

HH...
Mais...
C'est injuste envers Momo.
HH...
...
OMOMO ?
HAA...
FUIP
SLURP
SLURP
SLURP
ANII...
J'AIME QUAND TU PRENDS SOIN DE MOI...

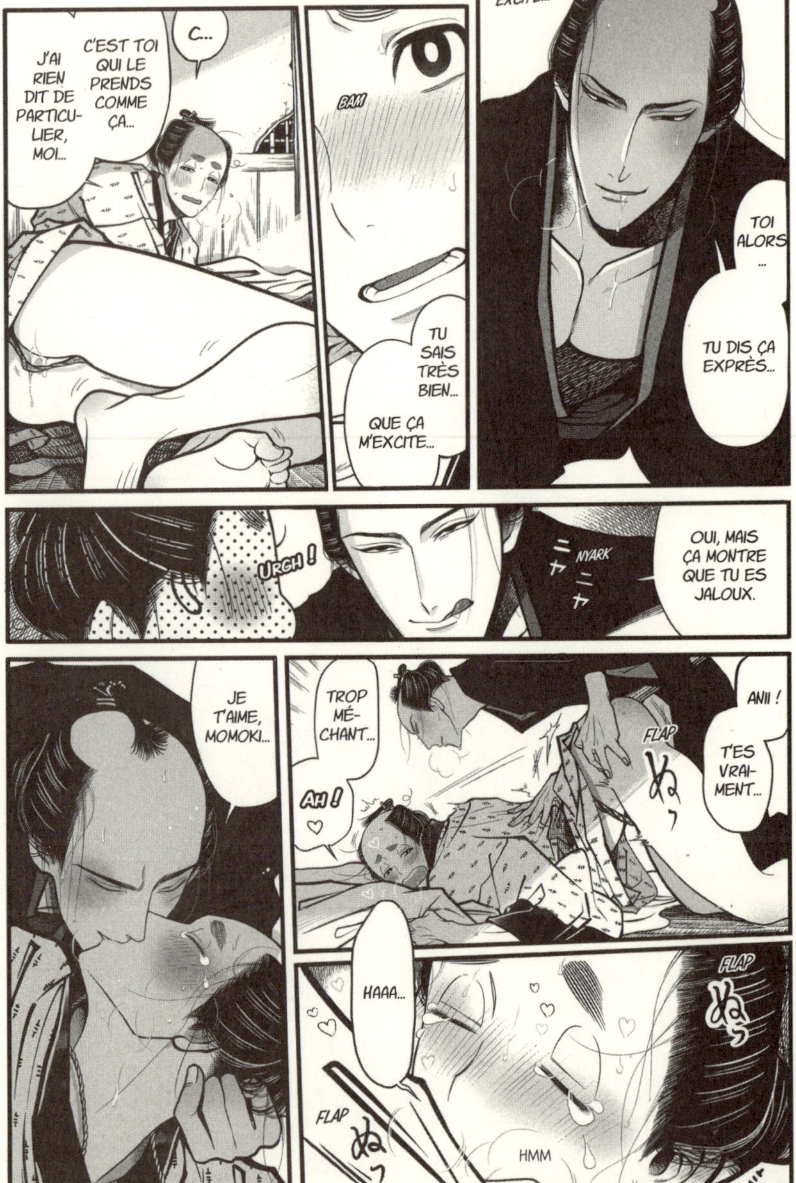
EXCITÉ...
TOI ALORS ...
TU DIS ÇA EXPRÈS...
BAM
TU SAIS TRÈS BIEN...
QUE ÇA M'EXCITE...
C...
C'EST TOI QUI LE PRENDS COMME ÇA...
J'AI RIEN DIT DE PARTICULIER, MOI...
OUI, MAIS ÇA MONTRE QUE TU ES JALOUX.
ニヤ ニヤ
NYARK
URGH !
ANII !
T'ES VRAIMENT...
FLAP
TROP MÉCHANT...
AH !
JE T'AIME, MOMOKI...
FLAP
HAAA...
FLAP
HMM

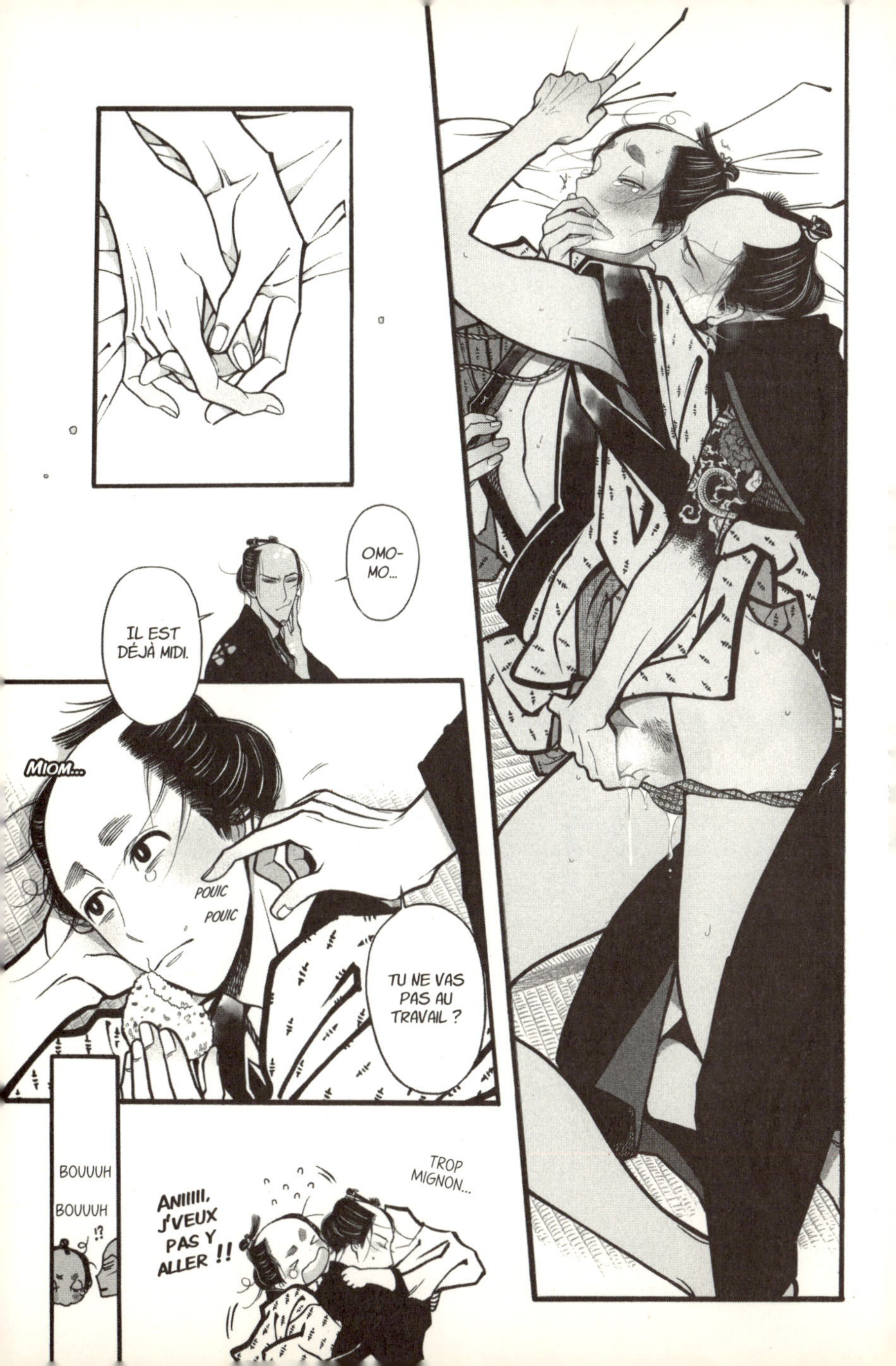
OMOMO...
IL EST DÉJÀ MIDI.
MIOM...
POUIC
POUIC
TU NE VAS PAS AU TRAVAIL ?
TROP MIGNON...
ANIIIII, J'VEUX PAS Y ALLER !!
BOUUUH
BOUUUH
!?

N'EMPÊCHE, AVEC LES PLAQUES SUR LA BOUTIQUE, ON INDIQUE NOTRE PRÉSENCE...
À l'époque, les plaques en bois sur les boutiques indiquaient le nom du propriétaire et le travail qu'il faisait.
LES LAISSER LÀ, ÇA RISQUERAIT DE NOUS ATTIRER DES ENNUIS...
À TOUS LES COUPS...
SI JE LES ENLEVAIS ?
LES ENLÈVE PAS, ANII !
PAR-DON ?
ON S'EN FICHE DES ENNUIS !
SI TU ENLÈVES, IWAI-SAN NE POURRA PLUS REVENIR !
SCRIITCH
SCRIITCH
IL EST VENU ?
ANII...
IWAI-SAN N'EST AU COURANT DE RIEN, HEIN ?
SCRATCH
SCRATCH
IL COMPTE TOUJOURS BEAUCOUP POUR TOI.
ATTENDS ENCORE UN PEU.
......
JE TE PUNIRAI DE TON INSOLENCE, UN JOUR...

Anii a dû quitter Asakusa
pour une raison différente
de celle de Momo.
HMMM
HMMM
HMM
Il la détes-tait
et voulait s'en échapper ...
Mais au fond de lui, il l'aime encore.
T'EN AS MIS DU TEMPS POUR PRIER...
J'AI PRIÉ POUR LA MÊME CHOSE QU'AU NOU-VEL AN...
AH, OUI... TU ES ALLÉ VOIR LE PRE-MIER LEVER DE SOLEIL AVEC LA VIEILLE.
TOC
TOC
TOC

POUR QUOI EST-CE QUE TU AS PRIÉ ?

C'EST UN SECRET !

Omomo...
m'a sauvé.
HÉ, ANII...
AP-PROCHE TON OREILLE...
CHUCHOTE
CHUCHOTE
TOUT SÉRIEUX...
LES TYPES COMME SEN, QUAND ILS SE FONT PÉNÉTRER, ILS SONT NULS !
C'est pour ça...
que je veux rester avec lui...
ON SENT PARLER LE PROFES-SIONNEL !

L'arc en ciel apparaît
Comme si, soudain
Tu étais là

– Takahama Kyoshi,
«Six cents haïkus»

MOMO & MANJI 2 / FIN

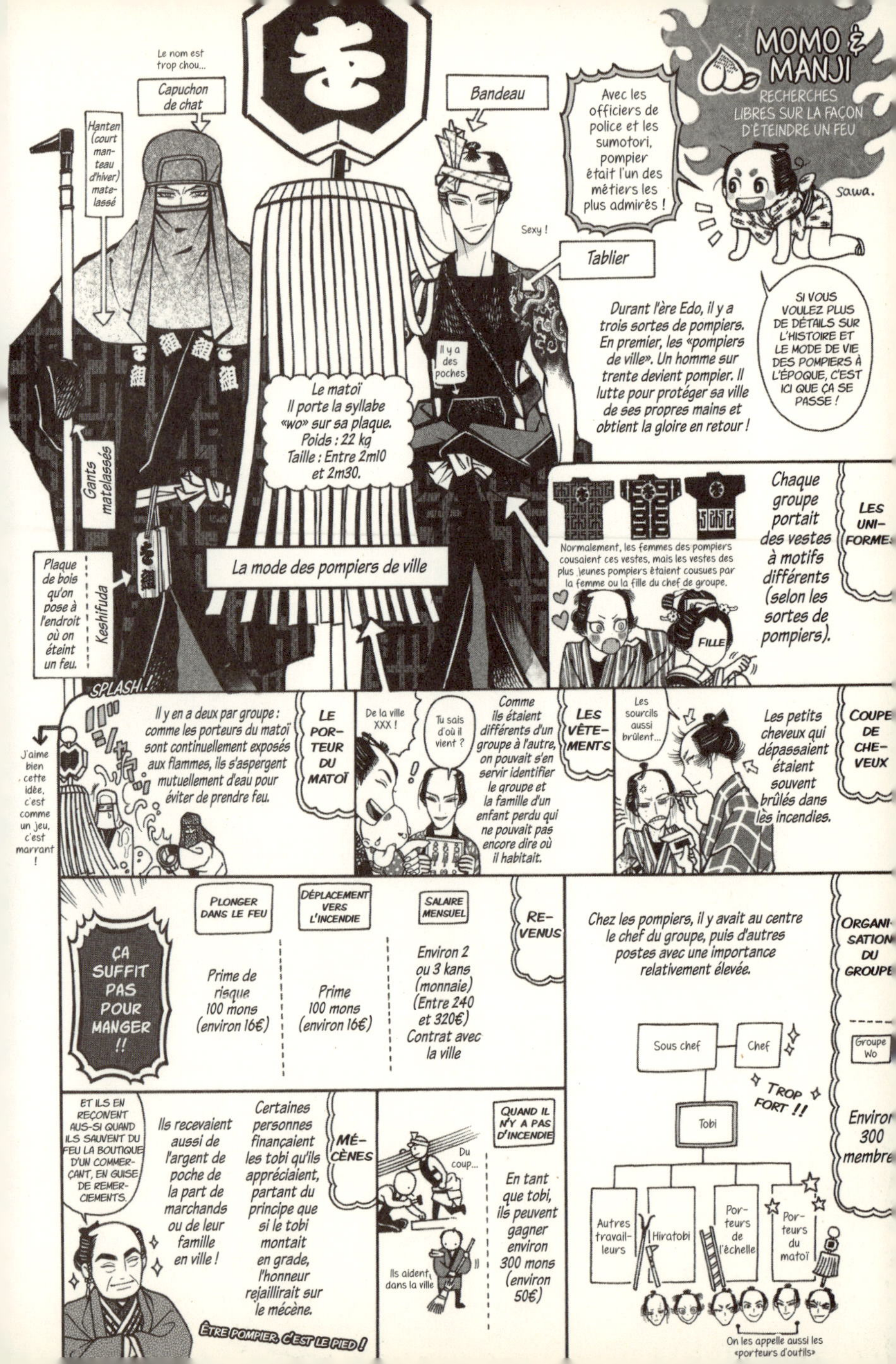

MOMO & MANJI
RECHERCHES LIBRES SUR LA FAÇON D'ÉTEINDRE UN FEU
Sawa.
Avec les officiers de police et les sumotori, pompier était l'un des métiers les plus admirés !
Le nom est trop chou...
Capuchon de chat
Hanten (court manteau d'hiver) matelassé
Bandeau
Sexy !
Tablier
Il y a des poches
Le matoï Il porte la syllabe «wo» sur sa plaque. Poids : 22 kg Taille : Entre 2m10 et 2m30.
Gants matelassés
Plaque de bois qu'on pose à l'endroit où on éteint un feu.
Keshifuda
La mode des pompiers de ville
Durant l'ère Edo, il y a trois sortes de pompiers. En premier, les «pompiers de ville». Un homme sur trente devient pompier. Il lutte pour protéger sa ville de ses propres mains et obtient la gloire en retour !
SI VOUS VOULEZ PLUS DE DÉTAILS SUR L'HISTOIRE ET LE MODE DE VIE DES POMPIERS À L'ÉPOQUE, C'EST ICI QUE ÇA SE PASSE !
LES UNIFORMES
Chaque groupe portait des vestes à motifs différents (selon les sortes de pompiers).
Normalement, les femmes des pompiers cousaient ces vestes, mais les vestes des plus jeunes pompiers étaient cousues par la femme ou la fille du chef de groupe.
FILLE
SPLASH !
LE PORTEUR DU MATOÏ
Il y en a deux par groupe : comme les porteurs du matoï sont continuellement exposés aux flammes, ils s'aspergent mutuellement d'eau pour éviter de prendre feu.
J'aime bien cette idée, c'est comme un jeu, c'est marrant !
LES VÊTEMENTS
De la ville XXX !
Tu sais d'où il vient ?
Comme ils étaient différents d'un groupe à l'autre, on pouvait s'en servir identifier le groupe et la famille d'un enfant perdu qui ne pouvait pas encore dire où il habitait.
COUPE DE CHEVEUX
Les sourcils aussi brûlent...
Les petits cheveux qui dépassaient étaient souvent brûlés dans les incendies.
REVENUS
ÇA SUFFIT PAS POUR MANGER !!
PLONGER DANS LE FEU
Prime de risque 100 mons (environ 16€)
DÉPLACEMENT VERS L'INCENDIE
Prime 100 mons (environ 16€)
SALAIRE MENSUEL
Environ 2 ou 3 kans (monnaie) (Entre 240 et 320€) Contrat avec la ville
ORGANISATION DU GROUPE
Chez les pompiers, il y avait au centre le chef du groupe, puis d'autres postes avec une importance relativement élevée.
Groupe Wo
Environ 300 membres
Sous chef
Chef
TROP FORT !!
Tobi
Autres travailleurs
Hiratobi
Porteurs de l'échelle
Porteurs du matoï
On les appelle aussi les «porteurs d'outils»
MÉCÈNES
ET ILS EN REÇOIVENT AUSSI QUAND ILS SAUVENT DU FEU LA BOUTIQUE D'UN COMMERÇANT, EN GUISE DE REMERCIEMENTS.
Ils recevaient aussi de l'argent de poche de la part de marchands ou de leur famille en ville !
Certaines personnes finançaient les tobi qu'ils appréciaient, partant du principe que si le tobi montait en grade, l'honneur rejaillirait sur le mécène.
ÊTRE POMPIER, C'EST LE PIED !
QUAND IL N'Y A PAS D'INCENDIE
Du coup...
Ils aident dans la ville
En tant que tobi, ils peuvent gagner environ 300 mons (environ 50€)

Bonus : la sodomie à l'ère Edo

Momo & Manji 2

Hana COLLECTION

www.boys-loves.fr

Maquette : Justine Mouron
Traduit du japonais par : Laurie Asin

Dépot légal : Avril 2019
ISBN 978-2-36877-652-0

Imprimé par GZ Digital Media as